隠れ町飛脚 三十日屋

鷹山 悠

ポプラ文庫

第一話　初恋の思い出　5
第二話　若旦那の大望　67
第三話　桜と幽霊　139
第四話　亡き妻への文　209

第一話

初恋の思い出

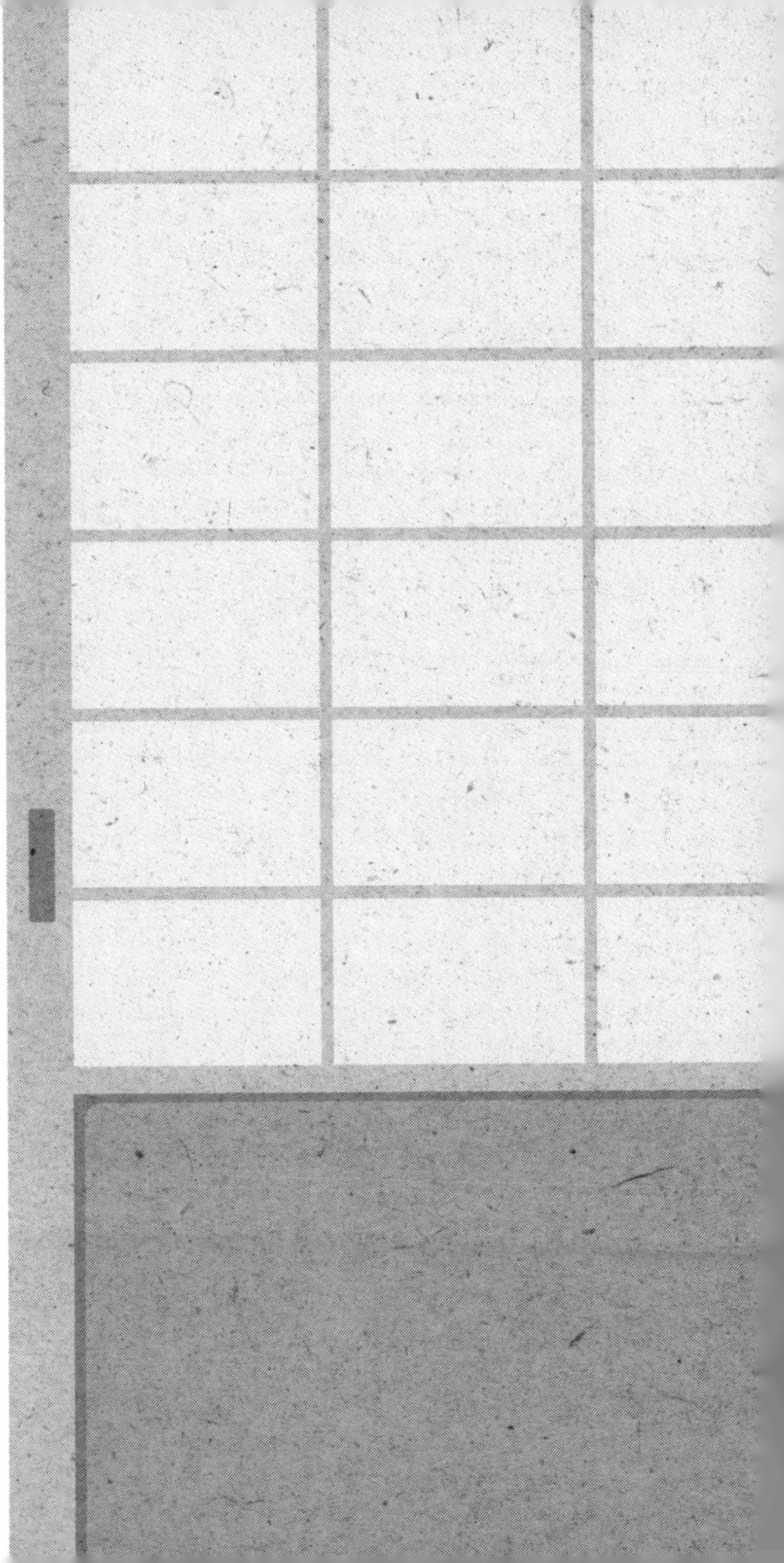

#　一

路地を掃き清める外の気配が耳に届き、静《しず》は目を覚ました。

部屋はまだ薄暗い。頬にひんやりとした空気の中、遠くで鳥のさえずりが聞こえた。

朝だ。起きなければ、と体を起こしかけ、軽い頭痛に顔をしかめる。

頭を枕に戻し、目を閉じて小さく息をついた。

体が重いのは、夜更けに見た夢のせいだ。夢の光景が瞼によみがえり、知らず知らず眉間が寄った。

自分の叫び声に飛び起き、夢だったと気づく。この一年、何度繰り返しただろう。けれど、毎夜のようにうなされていた夢も、少しずつ間遠になっている。夢を見ない夜が増えるのは、自分が大事なものを忘れていく証《あかし》のようで、何事もなく朝を迎えた日は胸が苦しかった。今日のような朝は、逆に安堵を覚えさえする。

ごみ溜めの辺りで音が聞こえ、はっと目を開けた。あと少しで朝の掃除が終わってしまう。静はむりやり体を起こした。

掃除に精を出すのは、隣の部屋に一人で暮らす五十代半ばの女だ。名をつたといい、この長屋の世話役だ。つたは飛び抜けて早起きで、皆が起きる前に長屋中を掃き清めるのを日課としている。つたの動きが一段落する頃、他の住人が部屋を出てきて、井戸端《いどばた》は一気に騒がしくなる。

女房連中のかしましい噂話に巻き込まれるのが嫌で、静はここに越してからの一月《ひとつき》、いつも早めに外に出るようにしていた。

薄い布団を出た静は、夢の名残にひかれるように茶簞笥《ちゃだんす》に目を移し、気鬱《きうつ》を振り切るように土間へ下りた。隅に『於しず』と書かれた腰高障子の心棒を外して、外へ出る。

「おや。お静先生、起こしちまったかい」

すぐに小柄で細身のつたが振り向いた。早朝とは思えぬ朗らかな笑みを向けられ、静はぎこちなく口許を緩めてみせた。

ここは、浅草寺《せんそうじ》にほど近い、田原町《たわらまち》の奥にある弥田衛門店《やたえもんだな》だ。弥田衛門は表にある小間物屋の隠居で、店賃《たなちん》の支払いさえ滞らなければ細かいことは言わない家守だと聞いている。通りに面した表店《おもてだな》は両側に四軒ずつ。その内側には割《わり》長屋が二棟建ち、十世帯ほどが暮らす裏長屋があった。

「昨夜はうなされてなさったみたいだけど、何かあったかい」

長屋の壁は薄く、隣の部屋の気配はほぼ筒抜けだ。気遣いの陰にこちらを探る気配を感じ取り、静は顔を強張らせた。

一月前、長屋の住人は皆、突然の新入りとなった静を遠巻きにした。その中で、ただ一人、ずかずかと近づいてきたのがこのつただ。

――困ったことがあったら何でも言っておくれ。

家移り当日、見慣れぬ裏長屋に戸惑う静に、つたは胸を叩いて豪語した。朗らかな口振りだったが、品定めするような目に眺め回され、静は新しい自分の部屋に慌てて引っ込んだ。

「先生、これで何度目だい」

ひー、ふー、みー、と指折り数えられ、静は僅《わず》かに目を逸らした。つたが世話役として店子《たなこ》の動向に気を配らなければならないのはわかる。だが、私情にずけずけと踏み込まれるのは御免だった。

「夜ごと隣でうなされてたら、気になるじゃないかい」

頭の重さと相まって憂鬱が増し、静は話題を変えるために口を開いた。

「だから、先生はやめてください」

「だって先生は先生だろう」

静はここへ越すのと同時に、近くの手習い所で手伝いを始めた。手習い所の主《あるじ》に指示されるまま、子どもの世話や、字を教えたりしている。けれど、それは長屋を世話してくれた人に言われて始めることになった、単なる手伝いだ。年上のつたから「先生」などと畏まって呼ばれるようなものでもない。

「ただの手伝いですから」

「手伝いだって先生は先生だよ。何の問題もないだろ」

やんわりと拒んでも、つたは得意満面だ。それ以上強く言い返せず、静は息をついた。とりあえず、昨夜の話は回避できたのだから、と自分を慰め、井戸から水を汲むと顔を洗う。

「今日の手習いは」

つたは箒《ほうき》を片付けながら、いつものように訊ねた。

「いつも通り、帰りは昼八つ（午後二時頃）過ぎになると思います」

「じゃあ、今日も朝ご飯と一緒に握り飯を作っとくからね」

家移りが済み、手伝いも去って見慣れぬ部屋に一人になった静は、そこで初めて自分が一人で炊事をしたことがないと気づいた。必要なものは揃っているし、火の熾《おこ》し方も米の炊き方も一通り知っている。だが、一人で米を炊いたことはない。呆然としたところに、偶然様子を見に来たのがつただった。

——今日は疲れたろう。これ作ったから食うといいよ。おや、何か不都合でもあったかい。

不審げに眉を寄せたつたの手には、美味しそうな握り飯があった。遠慮もなく部屋に踏み込まれたことに嫌悪を感じると同時に、静の腹が鳴った。

——こりゃ、ちょうどよかったね。

つたが目を丸くし、小さく吹き出した。顔を赤らめた静は、仕方なく米を炊いたことがなくて困っていると打ち明けた。いい年をして、と思ったが、どうしようもない。事情を聞いたつたは、驚きつつも手ほどきを買って出てくれた。が、数日かけてわかったのは、静には炊事の才がまったくないことだけだった。結局、見かねたつたが、食事の世話をすると言い出した。

そんなことは……もう少し練習しますから、と断ったが押し切られ、それからつたに強く出られない。

「いつも、すみません」

改めて深々と頭を下げる静に、つたはにやりと笑った。

「先生、こういう時は礼を言うもんだよ」

「おはようございます」

腰高障子の開く音と同時に新たな声が聞こえ、静の肩がびくりと揺れた。

「おや、おゆきちゃん、今日は早いね」

「もう、おつたさん。あたしはいつも早起きですよぅ」

静の部屋の斜め向かいに住む若夫婦の女房、ゆきだ。あどけなさの残る笑顔と、口許に見え隠れする既婚の証である鉄漿《かね》がどこか不釣り合いで、とても眩しい。すぐに部屋に戻るのも露骨に思え、距離を置いて二人のやりとりをぼんやり見ていると、次から次に井戸の周りに人影が増えていった。誰もがつたに一声掛けて、めいめいに朝の支度を始める。

賑やかな会話が盛り上がり始めた頃合いを見計らって、静はつたに軽く会釈して
その場を離れた。

「おゆきちゃん、今年の根津権現《ねづごんげん》さまの祭《まつり》、みんなで行こうよ」

大工の女房の楽しげな声が後ろから届き、部屋の手前で顔が強張った。

「そりゃ、いいねえ」

同意の声がいくつも上がる。木戸に近い一番端の自分の部屋にそそくさと逃げ込
む。

「あの先生も祭だったら食いつくかなと思ったんだけどね」

明らかに静へと向けられた声が、障子越しに追ってきた。

「うちらとじゃ、一緒に行く気にならないんじゃないかい」

「ありゃあ、どこかいいところのお育ちなんだろう。住んでる世界が違うって風情《ふぜい》
だもんねえ」

「飯は全部、おつたさんが世話してやってるって本当かい」

あけすけな物言いに、部屋の中で息をひそめる。

「それは手間賃ももらってるしさ。一人分より二人分作る方が何かと都合いいだろ」

「そりゃそうだけどねぇ」

「まああ。まだたった一月じゃないか。家守さんも確かな筋の紹介だって言うし、
ありゃ悪い人じゃないって、このつたが判断したんだからもうちょっと悠長に見て

やっておくれよ」

「おつたさんがそう言うんなら、ねえ」

そうだねえ、と誰彼となく声が返り、話題はすぐに旬の魚にとって代わられた。

部屋の中で、静はほっとして全身から力を抜いた。

二

さほど遠くない浅草寺の鐘が、三つ、そしてそのあと九つ聞こえた。途端に手習いの女の子たちから落ち着きが消える。

昼九つ（正午）、昼飯時だ。弁当を持参している者もいるが、家に戻って食べる子も多い。子どもが三々五々と散っていき、静はふうと小さく息をついた。

女師匠の手習いなので、通ってくるのは女の子どもばかり。手習い所はいつもかしましく、昼時は一息つける時間だった。

手習い所の主である老女は、奥の自室へ戻っていった。静は縁側に腰を下ろし、つたに拵《こしら》えてもらった握り飯の包みを膝の上に置いた。

「お静様はいらっしゃいますか」

遠慮がちな声が聞こえ、立ち上がる。聞き覚えのある声は、手習いの子ではなくもう少し落ち着いたものだ。表に出ると、十二、三くらいの小僧がほっと眉を開いた。

「小吉《しょうきち》じゃない、どうしたの」

「お佐枝《さえ》さんから言付けを預かって参りました」

しっかりとした眉とぱっちりとした眼差し、頰にほのかな幼さを残した小吉は、明るさと利発さがほどよく混じった顔で静を見上げた。軽く息が上がっている。

「お客様がお見えになったそうです。本日、手習いが終わる頃、お静様の長屋へ伺う段取りだと、お伝えするようにと」

思いもよらぬ話に、静は目を見開いた。

「どこぞのお店《たな》のお女中さんがいらっしゃったそうです。ご依頼主はそこのお嬢様だとか」

「本当に、お客様が」

上擦った声で訊ねると、小吉は嬉しそうに強く頷いた。すぐに状況が理解できず、静は何度も目を瞬《しばたた》かせた。次第に心の底から喜びが湧いてきて、気を鎮めるために大きく息を吸う。堪えきれず、口許が綻んだ。

「知らせてくれてありがとう」

「いいえ。お使いはわたしの仕事ですので」

にっこりと笑う小吉に、静はあることを思い出し、僅かに眉を寄せて告げた。

「そうだ。遠回りで申し訳ないけど、この話を清四郎《せいしろう》へ伝えてくれる。仕事が終わるのを華膳《はなぜん》で待っているって」

「清四郎さんというのは……あの、お静様の様子を見に来られていた、ちょっと怖そうな方ですよね」

一変して怯えた様子を見せた小吉に、静は思わずくすりと笑みを漏らした。

「ええ、そう。あの顔が怖い男よ。口も悪いけれど、中身は怖くないから」

小吉の手に小銭を握らせ、少ないけれど、と言い添えると、小吉はぎょっとして首を振った。

「受け取れません。これもわたしの仕事ですから」

「お佐枝さんの言いつけは私に知らせることでしょう。これは私の言付けの分よ」

思案顔をした小吉は、静をじっと見上げた後、ぺこりと頭を下げた。

「わかりました。では、お伝えして参ります」

「よろしくね」

小吉はもう一度頭を下げると、素早く去った。まだ幼さが残る背中を見送って縁側へ戻った。腰を下ろしても気が落ち着かず、狭い庭先で秋の空を見上げる。

「本当に……お客様が」

一体、どんなお客様だろう。自分は役に立てるだろうか。揺れる心を抑《おさ》えてつくった握り飯を口に運ぶも、味はよくわからなかった。

心地よいそよ風を味わう余裕もなく、静は長屋までの道を急いだ。少しだけ遠回りして買った土産を持つ手に、知らず知らず力が入る。

「先生っ、女二人連れのお客さんが来てるよ」

長屋の木戸をくぐると、つたが部屋から飛び出してきた。この一月、静を訪ねてきた者はいない。

「勝手で悪いけど、先生の部屋に通しといたよ。だけど……いいところのお嬢さんって感じで、あれは知り合いかい」

つたの探るような声音《こわね》に、すっと肝が冷えた。客が来ることに気を取られ、すっかり失念していた。つたは隣人だ。部屋での話はほとんど筒抜けになってしまう。せめて、周りには黙っていてもらわなければ困る。慌てた静は、とっさに手にしたものを差し出した。

「お土産です」

包みを解いて中身を見せると、目を丸くしたつたは声を上擦らせた。

「こりゃ、梅松堂《ばいしょうどう》の黒饅頭じゃないかい」

「お客さんの分もありますから、少しですけどよろしければ。おつたさんには、とてもお世話になってますし」

取り繕うように口にすると、つたの表情が大きく緩んだ。

「本当にいいのかい。気ぃ遣ってもらって悪いねぇ」

締まりのない声に、強く首を縦に振る。

「じゃあ、皿取ってくるよ」

普段よりも軽い足取りで部屋から皿を取ってきたつたに、饅頭をいくつか取り分けながら、静は声をひそめた。

「あの、お客さんのことは、他の方には内緒でお願いします」

「ああ。わかってるって」

つたはにやりと破顔すると、手を振って部屋の中へ姿を消した。

大丈夫だろうか。一抹の不安を感じながらも、静は自分の部屋に近づいた。

人の気配を感じて、こんな自分に本当に商いができるのだろうか、と憂いが顔を出し、胸が苦しくなる。何とか背筋を伸ばし、一つ息を吸ってから、静は『於しず』と書かれた腰高障子に手をかけた。

「いらっしゃいませ。静と申します。お待たせしてすみません」

できるだけ落ち着いた微笑を浮かべ、戸を開ける。お嬢様然とした年頃の娘と、お付きの女中が上がり口に腰掛けていた。

風呂敷包みを抱えた女中がすぐに立ち上がった。

「初めまして。勝手に待たせていただき、大変失礼いたしました。わたくしは岩《いわ》と申します。こちらは西紺屋町《にしこんやちょう》にあるお店のお嬢様で」

「いいわ、お岩。自分で名乗ります」

娘は蝶が舞うような優雅さで腰を上げ、会釈した。

「わたくしは、染物屋の娘で千代《ちよ》と申します」

赤を基調とした華やかな刺繡があしらわれた振り袖に、若い娘に人気の小町《こまち》下駄がよく似合っている。初対面の静を見つめる態度は、へりくだるでもなく無礼でもない。それなりの店の娘だとすぐにわかった。

脇に置かれている包みの中身は、三味線だろう。髪は桃割れから結綿《ゆいわた》に変わったばかりだろうか。大人びた髪型は娘に馴染んでいるとは言い難かったが、却って初々しい艶が強調されているようだった。

「こちらは、どのようなものでも届けてくれる隠れ町飛脚屋と伺って参りました」

若い眼差しに見つめられ、静は唇を結んで頷いた。

三

「こちらを届けていただきたいのです」

千代は畳の上に一通の文を差し出した。真剣な千代の眼差しには、茶とともに置かれた黒饅頭も映っていないないようだった。

静は文へ目を落とした。宛名には『下駄職人様』とある。

「こちらを……どこの何という下駄職人さんにお届けすればよいのでしょうか」

「存じません」

「お住まいも、お名前も……ですか」

「はい」

きっぱりとした返答に、千代の斜め後ろで女中の岩が困ったように眉を下げる。

静は湧き上がる動揺を押し隠し、千代を見つめ返した。どうやら、これが今回の「曰《いわ》く」のようだ。

「お岩がとある診療所でこちらのことを耳にし、わたくしに教えてくれました。ここなら普通の飛脚屋には届けられないものでも必ず届けてくださると」

千代は思い詰めた面もちで、じりと膝を進めた。静は震えそうになる指をそっと握り込み、ゆったりと頷いてみせた。

「仰《おっしゃ》る通り、当方は通常の飛脚屋では扱えないものを、お客様のお望みのようにお届けする町飛脚屋でございます」

「では、こちらを」

「文をお受けするには条件がございますが、そちらはお聞きになりましたか」

千代が後ろを振り向く。岩は首を横に振った。

初めての客に対する緊張と意気込みを作った微笑で覆い隠し、静は穏やかに続けた。

「条件の一つは、普通の飛脚屋では請け負えない『曰くつき』の品であること。もう一つは、お代をお客様ご自身でお決めになることです」

「わたくしが、お代を決める……」

千代が不思議そうに呟いた。

「はい。その品に見合うと思われた額なら、いくらでも構いません。ただし、無代《ただ》ではお受けいたしかねます。前金で半分、残りは仕事にご納得いただけた場合に受け取らせていただきます」

「納得できなかった場合はどうなりますか」

岩が口を挟んだ。

「その際は、前金のみで構いません」

答えに、岩は安堵したように息をつく。静は話を続けた。

「二つの条件に沿うものであればお受けしますが、足が早い食べ物や、刑罰の対象となるようなものはお断りさせていただきます」

千代はしばらく黙り込み、それから決意した表情で口を開いた。

「わかりました。それで構いません」

「では、お嬢様の『曰く』をお聞かせください」

静が促すと、千代の膝の上に揃えられた手が、きゅっと握り締められた。

「お相手について、わたくしにわかるのはご職業だけなのです。年は、お静様より少し上でいらっしゃると思います。お顔立ちは涼しげで線が細く、それはとてもうるわしいお方で……きっと、ご覧になればすぐおわかりになります」

口調が熱を帯びるとともに、千代の両目が遠くを見た。

「始まりは、四年前の根津権現祭でした」

*

根津権現祭は、昔、お城に神輿を入れるほどの祭が行われたと言われるが、今は山王《さんのう》権現祭や神田祭、それに深川八幡《ふかがわはちまん》祭などに比べると小さな祭だ。

四年前、十三の千代は、初めて友達同士で祭へ行くことを母親に許された。

下ろしたての小町下駄に心を躍らせながら、千代は岩とともに待ち合わせの場所へ向かった。しかし、途中で下駄の鼻緒が切れてしまった。

転びかけた千代の腕をとっさに摑んで助けたのは、どんな偶然か下駄職人だった。

千代が躓《つまず》いた原因を知ると、職人は千代と岩を近くの水茶屋《みずぢゃや》へ導いた。

新品の下駄の鼻緒が切れるという不運に気落ちする千代の前で、職人は手妻《てづま》（手品）のように鼻緒をすげ替えた。あっという間に元に戻った下駄に、千代は感激した。

「大変助かりました。多少なりとも御礼を……」

岩の申し出に、職人は首を横に振った。岩は弱った声で続けた。

「それでは、わたくしが主人《あるじ》に叱られます」

「そうです、それでは岩が困ります」

千代が思わず口を挟むと、職人は驚いた顔をした後、「では、お茶を一杯だけ」と柔らかに苦笑した。

結局、職人は名乗らなかった。

「来年も御礼をさせてください。是非また、ここで」

立ち去ろうとする背に向けて、気がつけば千代は声を上げていた。

振り向いた職人は、一度瞬《まばた》いて、それから「ではまた、来年の九月二十一日、この時間にこの場所でよろしいでしょうか」と囁くように応じた。大きく頷いた千代は、名も知らぬ職人を忘れられないまま、一年を過ごした。

翌年の祭の前日は、そわそわして寝られなかった。きっとあれはその場の安請け合いだ。だから、あの方がいらっしゃらなくてもがっかりしてはならない——夜通し自分に言い聞かせ、朝を迎えた。

母親には友達と祭に行くと言って、岩を連れて早めに家を出た。

期待と不安で水茶屋に向かうと、職人は去年と同じ姿でそこにいた。

あれは夢だったのではないか、という一年越しの不安は霧散した。

十三の小娘との約束をきちんと守ってくれたことも、嬉しかった。

同じ床几《しょうぎ》の少し離れた場所に腰を下ろし、千代は胸の内に渦巻く気持ちを表す言葉を見つけられず押し黙った。

「その下駄、とてもお似合いですね。何か差し支《つか》えはないですか」

穏やかに問われ、夢見心地で「後ろの歯が」などと答えたような気がする。舞い上がりすぎて、記憶は曖昧だ。

職人は懐《ふところ》から小さな道具箱を取り出し、千代の前にしゃがみ込むと、そっと下駄を脱がせた。思わぬ職人の動きにぽうっとなっているうちに、歯の調整が終わった下駄は足下に揃えて並べられていた。

「また来年も、直していただいた下駄の御礼をさせてください」

別れ際、そう口にした千代に、職人はほのかな微笑みを浮かべて諒承してくれた。

翌年も、職人はいた。きっと来てくれると信じて待った千代は、前年よりも落ち着いて話ができた。三味線が難しいと愚痴をこぼすと、職人はもの柔らかに言った。

「私は修業を始めたのが遅く、一人前にはまだほど遠いのですが、続けていればきっと腕は上がると信じております」

お互いに頑張りましょう、と笑みを向けられ、千代は目を伏せた。頬が熱く、心の臓がうるさかった。

下駄を見てもらい、再び次の年の約束をして別れた。

＊

「昨年もいらしてくださったあの方は、わたくしを一目見て『最初にお会いした時より、随分娘っぽくなられましたね』と言ってくださいました」

千代はうっすらと頬を染めて、続けた。

「天にも昇る心地でした」

幸せそうな声にその時の感激がすべて詰まっているようで、静の口許は自然と綻んだ。

「それから、いつものように下駄を直していただきました。わたくしはあの方の作られた下駄を見てみたくなり、そうお伝えしました。すると、持ち歩いていないので無理だと仰ったのです。では来年お持ちくださいと、お願いしました。あの方は、お見せできるようなものができれば、と。それを楽しみに一年を過ごすつもりでした。けれど……」

言葉を途切れさせた千代の両目がみるみる潤んだ。見かねたように岩が続けた。

「今年の春、お嬢様の婚礼が内々にお決まりになりました。ご婚礼まであと二月《ふたつき》ほどです」

千代は耐えかねたように声を上げた。

「お母様は、今年の根津権現祭に行ってはならないと仰るのです。岩があの方のことをお母様に告げたから」

千代に睨まれ、岩は身を縮めた。千代付きの女中であっても、岩の主人は千代の母だ。それくらい理解しているはずだが、気が収まらないのだろう。岩が「申し訳ありません」と頭を下げると、千代は苛立った様子で静へ視線を戻した。

「わたくしは、今年、あの水茶屋へ参ることができません。けれど、あの方はきっと来られます。ですから、この文を届けていただきたいのです」

「お岩さんにお願いすることはできないのですか」

岩が逃げるように目を伏せ、千代は強く首を振った。

「岩はわたくしにつきっきりでいるよう厳しく言われています。下男などに頼めば、お母様に知られてしまいます。うちに出入りする飛脚屋も同様です。わたくしも婚礼の準備で自由に外へ出ることすら難しくなってしまいました」

「それでは、今日はどうやってこちらへ」

千代は視線を逸らし、「今日は三味線のお稽古の日なので……」と言葉を濁した。岩を言いくるめてここへ来た、ということだろう。

「これまでの御礼をお伝えしたいだけなのです。直接お会いするわけではありません。これきりにするという約束で、岩にはお母様に内緒にしてもらうよう頼み込みました。この機会しかないのです」

「根津権現の、祭……ですか」

昨夜の夢が頭を過《よ》ぎり、硬い声になった。静の戸惑いには気づかず、千代は熱に浮かされたように言い募った。

「十日後です。今年もあの方は必ずいらっしゃいます。わたくしの代わりにこれを渡していただき、お返事をもらってきて欲しいのです」

千代の背後で、岩が思い定めた顔をして静に頭を下げた。

「嫁がれるおつもりなのですね」

千代はきつく唇を引き結んで、かすかに目を伏せた。

「婚礼はわたくしだけの問題ではありません。お店の主である父が良い相手だと考えて、あちらのお店と決められたことです」

自分に言い聞かせるような声だった。

「この文を最後に、あの方を大切な思い出にするつもりです」

膝の上で揃えられた白い手は、震えていた。ただの職人とそれなりの店の娘が添えるはずもない。千代だとて、それはよくわかっているのだろう。

「文には、何をお書きになったのですか」

「これまでのお礼と、この度、お約束を反故にするお詫び……です」

消え入るような声だった。健気な想いが胸に迫った。

「お代はどうなさいますか」

言葉は自然と口をついていた。はっと顔を上げた千代は、震える手で袂《たもと》を探った。取り出した包みの中を確認し、ごくりと喉を鳴らした。

「ここに、わたくしが自由にできる小遣いをすべて持参しました。この半分を前金に」

白い指先が差し出したものに、静は目を見開いた。

「どうぞ、よろしくお願いいたします」

頭を下げる千代の動きに重なるように、一分金《いちぶきん》が一枚、きらりと光った。

一分金は、一両の四分の一にあたる。後金も合わせれば二分となり、千代にとっても大金のはずだ。

一通の文の重さに、身が引き締まる。

気負いが面《おもて》に出ぬよう気をつけながら、静は唇に笑みを浮かべた。

「ご依頼をお受けいたします」

千代の顔が、明るく輝いた。

四

預かった文と金を茶簞笥の中の鍵つきの箱に入れ、静は動きを止めた。本当に、商いを始めるのだ。どこか地に足のつかない心地がした。けれど、やると決めたのは自分だ。名前も住まいもわからぬ相手とはいえ、会う場所も日時もはっきりしている。静は覚悟を決めて外に出た。

「すみません。これからちょっと出てきます」

　隣に声を掛けると、腰高障子はすぐに開いた。静の表情に今までと違う気配を感じたのか、つたは少し驚いた顔をして、気を取り直したように言った。

「食べてくるのかい」

「はい。あ、もし、もう夕餉《ゆうげ》の支度をされていたら申し訳ないですが……」

「わかったよ。部屋にいない方がいいかと思ってさ。表の煮売り屋覗いたついでに大根の煮たのを買っといたから、明日の朝、出すよ」

　こちらの話を聞かぬために、敢えて外に出てくれていたのだ。

「ありがとうございます。お代はあとでお支払いしますので」

　思いがけぬ気遣いに胸が熱くなり、静が頭を下げるとつたはにっと口の端をつり上げた。

「悪いねえ。やっぱり梅松堂は絶品だったよ。こんなうまいもんをくれる人に粗相があっちゃいけないだろうと思ってさ、慌てて外に出たんだよ」

　後味を堪能するように口を動かして、つたがうっとりと目尻を下げた。つたの気遣いが饅頭のお陰だったことに毒気を抜かれた静は、大急ぎで付け加えた。

「あの、先ほども言いましたが、うちへ来客があった話は」

「ぺらぺら喋り回ったりしないから心配しないどくれ。先生は何か商いをなさるんだね。また客人が来たら通しとくよ。それでいいだろ」

したり顔でつたは胸を叩いた。拭いきれない不安を覚えつつ、静は長屋を出た。

女房連中が静のことをあれこれ憶測するのは、二十代も半ばの女が一人、裏長屋で暮らしているためだけではない。明らかにわけありの身なりをしているからだ。既婚の証とも言える丸髷を結っているのに、鉄漿をしていない。その上、裏長屋に不慣れなことは一目瞭然だ。そんな女が一人、突然店子となったのに、周りに馴染もうとする様子もない。しかも、家移り早々、世話役に文字通り食事の世話をさせている。何様だ、と思われたとて仕方ないだろう。小さく吐息が漏れた。

そうするのがいいと頭でわかってはいても、あの騒々しい話の輪に入っていくのは気が進まなかった。ここに来るまでの事情を詮索されることを考えたら、愛想がないと言われている方がまだいい。だからこそ、これ以上注目を集め、商いについてまで噂されるのは避けたかった。

長屋に静のこれまでを知る者はいない。居心地がいいと言えなくとも、その事実は、少しだけ気持ちを穏やかにする。

ささやかな平穏を守るためにも、これからはこまめにつたに手土産を買って帰ることに決め、空を見上げた。秋の日暮れは、つるべ落としのようだ。薄暗くなり始めた空と同じように、気が重くなった。

これから顔を合わせる相手は、長屋の面々とは違う。これも商いのためだ、と千代の健気な眼差しを思い出し、静は足を進めた。

ほどなく、静は目的の小料理屋、華膳にたどり着いた。

蔵前《くらまえ》の近くにある華膳は、女将《おかみ》のおもとと板前の夫の二人を中心に数人の奉公人を抱える店で、値段も手頃で味もいいと評判だ。

静がここに来るのは二度目だった。躊躇《ためら》いながら中に入ると、時間が早いのか、客はまだまばらだ。軽く見回したが、目当ての姿はない。

「いらっしゃいませ。あら、ええと確か……」

すぐに静より一回りほど年上の女将が寄ってきた。

「静です」

「ああ、そうそう。清《せい》さんのお連れの」

女将はにこやかに頷いて、静を小上がりの座敷の隅に案内した。

物珍しさもあり、いくつかの屏風で区切られた店内をそっと窺っていると、早くから酒をあおっている大工職人と思《おぼ》しき柄が悪い男と目が合った。

「なぁ、そこのべっぴんな姉《ねえ》さん。一緒に呑まねえかい。どうでぇ、おごるぜ」

男は酒の入った湯飲みを掲げて、下卑た視線で濁声《だみごえ》を上げた。静が目を逸らすと、男は赤らんだ顔を大きくしかめた。

「あぁん、すかしてんじゃねえよ」

静は身を硬くした。

「おい、聞いてんのかぁ。年増のくせにいい女気取りやがって」

男が立ち上がる気配がする。と、すぐに女将の声が響いた。

「あらあら、お客さん。ちょいと酒癖が悪いですよ。あちらはお連れの方をお待ちなんです」

「ふんっ、どんないい男なんだかな」

男が吐き捨てるとほぼ同時に、新たな客が一人、暖簾《のれん》をくぐって入ってきた。

「いらっしゃいませぇ」

緊迫した空気を一掃するように、女将が威勢のいい高い声を上げる。

「失礼します」

客はこざっぱりとした印象の、三十前後の男だった。眉と鼻筋がはっきりとした面長の顔は日焼けのせいか浅黒く、中肉中背ながらどこか風格がある立ち姿は、精悍で隙がない。切れ長の目が鋭く店内を見回し、立ち上がっていた男で止まった。男が思わず息を吞んだ。

「清さん、お静さんはあちらに」

女将が近づき、店の一角を示した。客は表情を変えることもなく、女将に軽く頭を下げた。

「な、なんでぇ、たいした男でもねえじゃねぇか」

男は声を張り上げたが、動揺を隠せておらず迫力のかけらもない。男の反応など眼中に置かず、客は女将へ訊ねた。

「二階、空いてますか」

女将が頷くと、静の目の前にあった小鉢が女中によって運ばれていった。

「清四郎」

その名を口にすると、僅かに苦い感情が胸に広がった。清四郎と顔を合わせるのは、家移り以来だ。

「ご無沙汰しております」

清四郎は店の名が染め抜かれたいつもの印半纏《しるしばんてん》とは違う、無印の半纏を着ていた。見慣れたものがない寂しさと、仕事ではなくここへ来た清四郎の意思を感じる。

「では、お話をお聞きしましょうか」

険しい表情を向けられ、静は怯む心を奮い立たせて腰を上げた。

五

かたん、と障子が閉まる音がした。

こぢんまりとした座敷で、静と清四郎はそれぞれの膳を前に向き合って座っていた。

足のついた膳には溶き卵が目を引く汁物と青菜が鮮やかな菜飯《なめし》、それに一品料理がいくつか並んでいる。大根の煮物には粉山椒《こなさんしょう》が振りかけられ、食欲をそそる香りが鼻をくすぐる。一緒に煮込まれたネギとマグロは温かな湯気を立てていた。

「私をお呼びになったということは、お客様がいらっしゃったと」

薄い唇から紡がれた声は、料理と真逆で冷ややかだった。静が小さく頷くと、清四郎の声は更に低くなった。

「本当に商いをなさるおつもりですか」

「その話は決着がついたじゃない」

ぼそぼそと言い返すと、思ったより子どもっぽい言い方になった。ばつの悪さを感じていると、清四郎は長く息を吐いた。

「そもそも、お佐枝様がお静様をそそのかさなければ……」

「お佐枝さんは関係ないと、この間も言ったでしょう」

思わず言葉が強くなった。

「お佐枝さんは私のためを思って勧めてくれただけで、決めたのは私よ」

清四郎の切れ長の鋭い目を、苦い心持ちで正面から見返した。

それは、ちょうど家移りの直前だった。

静が隠れ町飛脚屋を始めようと考えていると知った清四郎は、激怒した。半ば強引に静を華膳に連れ出すと、本気かと質《ただ》した。飛脚は身の危険もある大変な仕事なのだと、見たこともないほどの剣幕だった。

自分にできるのだろうかと不安を消し去れずにいた静の迷いは、清四郎の必死の形相を前に、何故か消えた。反発心だったのかもしれない。反対されればされるほど、自分にはこれしかないと、覚悟が決まった。

頑として耳を貸さなくなった静に、最終的に清四郎が折れた。

依頼を受けた際は必ず清四郎に相談し、静一人で対応が可能か、人を仕立てる必要があるかなどの判断を仰ぐ条件と引き換えに。

その上で、隠れ町飛脚屋としての二つの条件と、取り扱わないものの線引きを定めた。

「清四郎の出した条件は呑んだのだから、文句を言われる筋合いはないわ」

「それは、そうですが」

「私だって元は飛脚問屋の跡取り娘よ。何も知らないわけじゃないわ。それこそ、よくわかってるでしょう」

きっぱりと返すと、清四郎は口を噤《つぐ》んだ。

静の実家は、日本橋を北に向かう通りで万屋《よろずや》という飛脚問屋を営んでいる。上方との定期便を持つそこそこの店で、清四郎はそこの奉公人だ。

「確かに、私ごときが口出しするものではないと思いますが」

「私はもう、清四郎が付き人だった頃の幼い子どもじゃないんだから」

今は大工職人が一目で震え上がるような貫禄が備わっているが、付き人として出会った時分の清四郎はもっと色が白く、細かった。静が五つ、清四郎が十一の時だ。

それから数年のうちに、足の速さと勤勉さを買われた清四郎は走り飛脚となり、宰領《さいりょう》飛脚にまで上り詰めた。今は内勤に専念し、手代頭《てだいがしら》を務めている。数年前には外に家を持つことを許された、通いの身分だ。

遠い昔、忙しい両親に代わり、遊び相手でもあった兄のような存在は、立派になってしっかりと店を支えている。その店を、自分が盛り立てるはずだった。鼻の奥がつんと痛み、静は少し開けられた障子から外を見た。

飛脚問屋の跡取りとして育てられた静に縁談が申し込まれたのは、十八の時だ。いずれ父が決めた相手を婿にとって店を継ぐのだと思っていた静にとって、青天《せいてん》の霹靂《へきれき》だった。

相手は静より十ほど年上の大きな薬種《やくしゅ》問屋の跡継ぎで、名を萬之助《まんのすけ》といった。萬之助が静を見初めたのは、母と妹とともに訪れた芝居見物の席だったという。

予想もしていなかった事態に、父と娘の気持ちは揺れた。

——飛脚問屋は、人を差配するのが主な生業《なりわい》だ。荒くれ者の相手をしなければならないこともある。あちらの方が良い暮らしができるだろう。店を継ぐようしっかりと育ててきたお静なら、大店のおかみも務まるはずだ。

父の声が、耳によみがえった。信頼する父に言われ、静は頷いた。

十九の年に祝言《しゅうげん》を挙げ、二年と少しが過ぎた頃、静は男の子を産んだ。跡取りの誕生を誰もが喜んだが、産後の肥立ちが悪く、静は長く寝付いた。その間に夫は外に女を作り、家に居着かなくなった。

「それでも、今の私には、静を頼む、と仰った大旦那様のご遺言がございますから」

清四郎は厳かに告げた。大旦那様——それは、一昨年の冬に亡くなった静の父親だ。

固い表情を崩さない清四郎にゆっくりと視線を戻した。

訃報は、居心地の悪い婚家での暮らしの中、何とか体調を取り戻した矢先のことだった。静の身を案じていた父は、清四郎にそんな言葉を遺し、母とともに突然この世を去った。流行病《はやりやまい》だった。

あれから色々なことがあった。清四郎が父の言葉を違《たが》えなかったから、静は今、ここにいる。

「わかったから、商いの話をしましょう」

静は昔話に終止符を打った。

「あるお店のお嬢様から、ご依頼がありました」

清四郎はもう何も言わなかった。

一通りの話を終えると、清四郎の顔は、口煩い奉公人から飛脚問屋の手代頭のものに変わっていた。

「名もわからぬ下駄職人に、そのお嬢様は想いを寄せておいでだ、と」

「根津権現祭……の日に、水茶屋の店先で顔を合わせるだけの関係だそうよ」

途中、言葉が不自然に途切れたことに清四郎は眉を上げたが、そのことには言及せず問いを重ねた。

「年に一度とはいえ、四年もですか。まさか、お互いに想い合っていらっしゃるようなことは」

静は首を振った。

「もしその気配があれば、お付きの女中がうちに来ることを止めているでしょう」

それ以前に、千代自身が語らずにいられたとは思えない。

「では、駆け落ちを相談するような文ではないと」

ええ、と静が頷くと、少し考えてから清四郎は顔を上げた。

「そのような経緯ならば、お静様お一人で問題ないと判断します」

初仕事を清四郎がどう断じるのか、ひそかに気掛かりだった静がほっと胸を撫で下ろした瞬間、清四郎は語気を強めた。

「が、此度《こたび》は私が代わりに参ります」

静は目を剥いた。清四郎は落ち着いた眼差しで、じっと静を見据えている。

「え、今、私一人で大丈夫だって言ったじゃない。なのに、どうして代わりに、なんて……。清四郎を使うとなると、お代もかなりかかるでしょう」

しどろもどろになりながら返すと、

「此度は、きちんとお代をいただかれましたか」

清四郎の切れ長の目が光った。

「いただいたわよ。お代は必ずもらうようにときつく言ったのは、そっちでしょう」

静が答えると、清四郎は鷹揚に頷いた。

「当然です。商いは、利あればこそ、です」

「私は人のためになることがしたくてお佐枝さんの話を受け入れただけで、たくさん稼ぎたいわけじゃないわ」

「それはご立派な心がけでいらっしゃいますが、飛脚は客の大事なものを預かる仕事です。客はお代を払うことで相手に相応の責任が発生すると思えるからこそ、安心して荷や文を預けることができるのです。逆に、請ける側は利があるからこそ、責任を持って運ばなければ、と覚悟が決まるのです。そのためにも、利は必要です」

「わかってるわよ」

静は眉を寄せた。清四郎が口煩く言うのは、隠れ町飛脚屋を始める発端となった文を静が無代で届けたからだ。

飛脚屋にもいくつか種類がある。静の実家のような、決まった客を持ち宰領飛脚を抱える飛脚問屋が扱うのは、大坂江戸間の便が多い。出発日が不定で十日ほどかかる並便《なみびん》は、文一通で三十文（約七百五十円）ほどからだ。仕立《したて》便の正三日限《せいみつかかぎり》という、その荷のためだけに飛脚を走らせ、大坂まで丸二日で届ける便が最も高価で、銀七百匁《もんめ》（約百四十万）にもなる。利用できる客も限られる特別な便で、扱える飛脚問屋も余程大きな店だけだ。

これとは違い、町飛脚屋は主に近場を対象とする。江戸市中を走る町飛脚は、通称「チリンチリンの町飛脚」と呼ばれ、一通がおよそ十文（約二百五十円）から五十文（約千二百五十円）ほどだ。

飛脚問屋、町飛脚のどちらにしても、届け賃は届け先への距離や返事の有無、荷物の重さによって変わる。

町飛脚は比較的手頃だが、それでも手が出せないような事情を抱える人はいる。日々の暮らしは手習いの手伝いで何とかなる。だから、そんな人の役に立ちたいと思っているのだと、前回散々《さんざん》話した。それでも清四郎が納得しないから、相手の負担にならぬよう、お代を客に決めてもらうことにした。その上で利が出ることを意識するように念を押されたのだった。

「先方はいくらお出しになったのですか」

「前金で、一分よ」

清四郎の細い目が見開かれた。

「そのお嬢様は随分と張り込まれましたね。それなら、不都合はないでしょう」

「そういう問題じゃないわ。お代は、お嬢様の文に込めたお気持ちそのものよ」

目に角を立てても、清四郎は聞く耳を持たない。

「それに、清四郎を使ったら、お絹《きぬ》に知られてしまうじゃない」

「そこは上手くやりますので、心配は無用です」

顔色も変えず、清四郎は言い切った。絹は静の妹だ。両親亡き後、婿になった夫とともに実家を継いだ。今の清四郎の主でもある。主に向かって、上手くやる、と言ってのける清四郎の覚悟に、背筋が寒くなった。

「そんなことじゃ、私がひそかに商いをしたいと頼んだ意味がなくなってしまうでしょう」

町飛脚屋をやろうと考えた時に、心に掛かったのは実家のことだ。静が町飛脚屋を始めると言えば、妹夫婦は融通を利かせてくれるだろう。けれど、家を出た身として、これ以上実家に迷惑をかけたくなかった。だから佐枝に仲介者になってもらい、隠れ町飛脚屋として商いをすることにしたのだ。

清四郎だって、相談を受けるのはあくまで清四郎自身としてであって、万屋の奉公人としてではないと諒承していたはずだ。

「許可のない飛脚問屋は問題ですが、小さな町飛脚屋ですからそこまで神経質にならずともよいかと」

下働きの者が銭を受け取って文を届けることなど、よくある話だ。辻番人が町飛脚の真似事をすることもあるくらいで、清四郎の言い分も尤《もっと》もだった。

「だけど万屋《うち》はれっきとした飛脚問屋なんだから、万が一にも迷惑をかけるわけにはいかないわ。しかも、手代頭を使いにするなんて……」

困惑する静を清四郎は黙って見つめた。

「まだ、一年です」

落ち着いた声が、胸に刺さった。息を吞んで、何とか声を絞り出した。

「それと、何の関係が……」

「お静様が床《とこ》を離れて、半年も経っておりません」

やはり、先ほど言い淀んだのを見逃してくれるほど、清四郎は甘くなかった。

「寝付いていたのだって、たった半年よ」

震えそうになる唇を抑えると、自嘲が混じった。

「問題なく、あの長屋で暮らせているわ」

「本当に、よろしいんですか」

これまでの厳しさとは違う、気遣いが滲む声色に何も言えなくなった。

――お静や、商売《あきない》では必ず最善を尽くさねばならないよ。

懐かしい父の声が耳によみがえり、奥歯を嚙み締める。八つ当たりだとわかっていても、無性に腹が立った。どうして静が、今ここにいるのか。すべては清四郎のせいでもあるのに。

「自分のできることを誰かに任せるのが、飛脚なの。うちの手代頭は、お父様の教えを忘れたとでも言うの」

　思わぬ反論に清四郎が色を失った。言い過ぎた、と悔やんだ時にはもう遅い。

「忘れてなどおりません」

　ひどく硬い声だった。だが、すぐに清四郎は諦めたように息を吐いた。

「わかりました。ただし、相手がどういう人物かわかりかねるので、小吉を連れていかれてください」

「一人で行けるわ」

「お一人で行かれるのでしたら、このご依頼を受けることを諒承しかねます」

　有無を言わさぬ口調だった。何で清四郎の諒承がいるのよ、と小さく文句を言うと、清四郎の片眉が跳ね上がった。

「お静様は商いを始めるにあたり、私の判断を仰ぎ、それを受け入れることを条件とされました。まさか、二言でも」

　確かに言った。納得できかねると大きく顔に書いた清四郎を黙らせ、実家に内緒で隠れ町飛脚屋をやるためには、それしかなかったからだ。

「……わかったわよ。小吉を連れていけばいいんでしょう」

六

根津権現祭の当日は、すぐにやってきた。

いつもよりも浮き足立った通りを見回しながら、小吉は静を見上げた。

「やっぱりお祭はわくわくしますね」

募る緊張を隠しながら、静は、そうね、と微笑んで返した。

清四郎と会った翌日、佐枝の許《もと》を訪ねた。話を聞いた佐枝は、清四郎と同様に心配を顔に出したが、小吉を借り受けることを快く承諾してくれた。

どこかでチリンチリンと鈴の音がした。二人が目をやると、柄《え》に鈴をつけた荷箱を背にした飛脚が、避ける人の間を颯爽と駆け抜けていった。

小吉が目を輝かせ、興奮気味に口を開いた。

「あれは町飛脚ですよね。音ですぐにわかります。とても速いですね」

感心した様子で飛脚を見送る小吉に、そうね、と頷いて返す。

近くで大道芸でもしているのか大きな拍手が聞こえ、二人は辺りを見回した。

「お静様、人が増えてきましたね」

他愛ない話を交わす間に、長屋を出てから半時《はんとき》（約一時間）が過ぎたらしい。気がつけば、目的地はもうすぐそこだった。時間も頃合いだ。

「そろそろね」

包みを持つ手に力を込め直そうとして、静は通りの両脇に並ぶ露店の一つに目を奪われた。

所狭しと並べられたたくさんの風車《かざぐるま》が、秋の風に吹かれてくるくると廻っていた。

祭特有の浮ついたざわめきが耳から消え、足がぴたりと止まる。

隣にあったはずの静の気配を見失った小吉が、慌てて左右を見た。静がいないことに気づき、後ろを振り向く。少し離れた場所に静を見つけた小吉は、お静様、と小さく声を上げ、軽い足取りで駆け戻った。

「大丈夫ですか。お顔の色が……」

話しかけられて、静ははっと我に返った。表情を曇らせた小吉と目が合い、大丈夫よ、と微笑もうとして、失敗した。唇が震えて声が出なかった。片手で口許を押さえ、強い耳鳴りに目をつぶった。

小吉は厳しい目つきで辺りを見回した。

「お静様、大丈夫ですか。あちらに茶屋があります。座って休まれた方がいいと思います。失礼します」

頭一つ小さな小吉に支えられ、顔を青白くした静は大きな通りから逸れた。人気《ひとけ》のない茶屋の店先に腰を下ろす。小吉が静の手から文箱の包みを受け取り、静の横へ丁寧に置いた。

店の者に声を掛け、事情を説明している小吉の声が妙に遠くに聞こえた。震える両手で顔を覆い、大きく息を吸って、自分に言い聞かせる。

違う。ここは違う。この祭は、神田祭ではない。

――宗之助《そうのすけ》っ。

自分のものとは思えない金切り声が、頭の中にこだました。

いつも見る夢が、うつつに戻ってきたようだった。

強く目を閉じると、あの日の光景がはっきりとよみがえった。

あっという間に離れた手。駆けていく後ろ姿。呼び止める間もなく――。

夢と同じ光景に、静は座ったまま体を丸めた。

両親を失った静は、喪失感の中、一人息子を薬種問屋の跡取りとして育てあげることが自分の役目だと思い定めた。

それから、一年も経たずに事故は起こった。

二人で神田祭に出掛ける途中だった。家で姿を見かけない父親を見つけた宗之助は、「おとっつぁんっ」と声を上げると、静の手を振り払って駆け出した。止める間などなかった。道に飛び出した宗之助は、勢いよく走ってきた大八車とぶつかり、命を落とした。数え四つの、可愛い盛りだった。

「大丈夫ですか。お水です。ご気分がよくなるまで座っていていいそうです」

遠慮がちな小吉の声に、のろのろと頭を上げた。ぼやけた視界の中で、小吉が心配そうに覗き込んでいた。

「悪いわね。ちょっと……具合が悪くなってしまって」

「お顔が真っ青です。あの、今日はまだ使っていませんので、これで汗をお拭きになってください」

小吉は躊躇いがちに手ぬぐいを差し出した。何とか笑みを浮かべようと口の端に力を込め、手を上げる。その手が何かに当たった。視線を移し、静は動きを止めた。

跡取りを死なせた嫁として離縁を言い渡された静は、かねて縁があった松原診療所で療養の身となった。佐枝は、診療所の主である町医者の娘で、診療所を内で取り仕切っていた。佐枝の看病のお陰もあって、半年ほどで床から離れた静は、自《おの》ずと診療所の雑用を手伝うようになった。患者のために甲斐甲斐しく立ち働く佐枝の姿に、黙って寝ているだけではいられなかった。そして、診療所で銭がなくて困っている幼い子どもと出会い、手伝いの一環として、文を届けることを申し出た。

返事を受け取って喜ぶ相手の顔を見た時、色を失っていた世界が少しだけ明るくなった気がした。

——さすが、元、飛脚問屋の娘ね。

佐枝にそう言われ、誇らしさを感じたのが、今年の夏の初めだ。

——他にも困っている人がいたら、お静さんを紹介するわ。

——当面、私が窓口になるから、ね。

佐枝は笑った。こんな自分にも人のためにできることがあると知った。静は文箱の包みにそっと手を触れた。そうやって決心して始めた商いの、初仕事の途中だった。

「ありがとう」

今度は、しっかりとした声が出た。手ぬぐいを受け取り、額の汗を拭う。心地よい風が通り抜け、少しだけ気分が落ち着いた。

お水はこちらです、と湯飲みを差し出され、それを一口飲んだ。

「急がなきゃ」

立ち上がろうとして、眉が寄った。まるで自分のものではないかのように、足に力が入らない。

「もう少しお休みください。わたしがお役に立てるようでしたら、参ります」

千代と職人の約束の刻限はもう過ぎているはずだ。早くしなければ、相手が去ってしまう。焦りと不甲斐なさを押し殺し、静は小吉を見つめた。

「人を連れてきて欲しいのだけど、お願いしていいかしら」

水茶屋の場所と店の名、相手の職業と外見を告げる。

「下駄のお嬢様のお使いです、とお伝えすればわかっていただけると思うわ」

静の説明に、小吉は重々しく頷いて身を翻した。

小吉が消えた方を見ながら、静はじっと待った。

宗之助の命日である十五日は、手習いの手伝いを休んで部屋の中で過ごした。追い出されるように離縁された静は、宗之助の位牌を持つことも許されなかった。手許に残ったのは、形見の風車が一つだけ。見るのは辛く、けれど捨てられるはずもなく、今は茶箪笥に仕舞われている。

隣に置かれた文箱を膝の上に移し、もう一度そっと包みに触れた。

幼い時分、自分の側を離れて飛脚の見習いを始めた清四郎に、ほのかに憧れたことがある。だが、自分は婿を取って家を継ぐと思っていたから、幼い思慕はそれ以上育たなかった。そんな静にとって、自分を見初めたという萬之助に心揺れたのが、唯一初恋と呼べそうなものだ。

静と妹が年頃になると、人目を引くのは背が高くて器量よしと評判の妹だった。だからこそ、一緒にいた妹の絹ではなく自分に縁談が申し込まれたことに、静の胸は高鳴った。萬之助は特別な人だと思えた。けれど、初めて人に想われたことに対する昂揚は、長く続かなかった。萬之助が求めていたのは、妹のように目立つ娘ではなく、堅実に店を切り盛りできて姑を満足させる嫁だと、嫁いですぐにわかったからだ。

浅はかな自分の思い出とは違い、千代の初恋はまだ終わっていない。

これは必ず千代の想い人へ届けなければならない。

ふと、静の目に一人の男が留まった。

——お顔立ちは涼しげで線が細く、それはとてもうるわしいお方で……きっと、ご覧になればすぐおわかりになります。

小ぶりの包みを抱えている姿は、そこだけ静寂が漂っているようだった。遅れて、隣に小吉の姿があることに気づいた。

職人然とした格好で、男はゆっくりと歩いているだけだ。なのに、通りすがる若い娘たちの目が、その男に引かれるのがわかる。

喉に焦りのようなものが迫り上がってきた。静が思うより余程強く、千代はこの男に想いを寄せていたのではないか。

「お静様、お連れしました」

小吉が静に話しかけたのを見て、男は怪訝な顔をした。

「この度は突然失礼いたしました」

気がつくと、静は自然と立ち上がっていた。

「お呼びしたのは私です。不躾ですが、下駄の職人でいらっしゃいますか」

男は事態を窺うように黙ったままだ。

「私は浅草寺近くに住む静と申します。本日は、とあるお嬢様の使いで参りました。この者には下駄のお嬢様とお伝えするように申しましたが、お間違いないでしょうか」

静がそこまで言うと、男はようやく表情を緩めた。

「私で間違いございません。こちらの方から、あなた様の調子が優れないとお聞きしました。どうぞお座りください」

耳に心地いい艶のある声だった。男は静が座るのを確認してから、少しの間を空けて隣に腰を下ろした。

静の斜め後ろに小吉が座ると、若い娘が「いらっしゃいませ」と出てきた。静が手早く三人分の注文を告げると、すぐにお茶と団子が運ばれてきた。

娘が消えると、静は男へ向き直った。

「あなた様のお名前をお聞きしてもよろしいですか」

男は無言で首を横に振った。

「承知しました。本日は、これをお預かりしております」

静は包みを膝の上に置き、中の文箱を男へ差し出す。

何も訊かずに、男は中身を取り出した。

「拝見します」

文が目に入らぬように視線を前に戻した静は、お茶に口をつけた。喉を通る温かさと文を渡せた安堵が重なって、少しだけ肩の力が抜けた。

隣から、かさりと文を繰る音が聞こえる。しばらくして男が顔を上げた。

「事情は承知いたしました」

男の落ち着いた様子に、静はほっと息をついた。先ほどの不安は杞憂で、やはり文はこれまでの礼と別れを告げるだけのものだったのだ。

「お返事を、とお願いされております。紙と筆はこちらに」

小吉に合図を送ると、小吉はすぐに矢立てを取り出し、携帯用の筆と紙を静に差し出した。静がそれらを男に渡そうとすると、男は文を折り畳んだ。

「お返事は口頭でお伝え願えますか」

え、と戸惑う静に構わず、男は一気に続けた。

「すべて承知いたしました。しかし、ありがたいお申し出ですが、お受けすることはできません、と」

「それはどのような意味ですか」

静が眉をひそめると、男は首を傾げた。

「お文の内容をご存じでは……」

「存じておりません。これまでの御礼と、お約束の終わりをお伝えするものだと伺ってはおりますが」

困ったように男は視線を落とし、すぐに上げた。

「では、先ほどの通りお伝えください。お申し出をお受けすることはできません。お断りさせていただきます、と」

「まさか、あの、どこかでお会いになる約束などでは」

顔色を変える静に、男は儚《はかな》く笑った。

「違います。私はただの職人です。あの娘さんのお気持ちは推測させていただくだけですが、私にとっては親戚の妹のようなものでした。そのように思うのも、大変失礼なことだとは存じますが。年に一度だけ会う、大事な親戚の子です」

宣言するような、はっきりとした口調だった。

「わかりました。では、そのようにお伝えいたします」

男は千代からの文を懐へ入れ、隣に置いていた包みを手に立ち上がった。

「あの、そちらは」

「これは、昨年私の下駄を見たいと仰ったので持参したものですが、不要でした」

男は目を細めた。その様子がどこか寂しげに見え、静は思わず口を開いた。

「よろしければ、拝見させていただけませんか。お嬢様にはお話ししませんので、是非」

目をさまよわせた男は、迷った末に静を見返した。

「決して、お話しにならないでいただけますか」

「決して」

静の強い返答に、男は再び腰を下ろした。

「お目汚しですが」

男の節くれ立った指が包みを解いた。現れたのは、華やかな色合いの下駄だった。

年頃の娘になった今の千代によく似合うだろう。千代の意志の強さを表すように、鼻緒の藍色が全体の印象を引き締めていた。

職人の細かな技量は静にはわからない。だが、これが丁寧に作られたものだということは、一目で見て取れた。

「思いのこもった、とてもよい品ですね」

心からの言葉が口をついた。男ははにかむように僅かに頬を緩め、それから表情を引き締めた。

「失礼いたしました」

下駄を包み直すと男は音もなく立ち上がり、袂から銭入れを取り出そうとした。

「お代はこちらで。これまでのように、お嬢様の御礼だと思ってください」

静の言葉に少し考え、男は銭入れを戻した。

「では、ありがたく。もう、あの水茶屋には参りません。どうもありがとうございましたとお伝えください」

丁重に頭を下げた男の姿は、すぐに雑踏へ紛れた。

静はその背が消えるまでずっと目で追い続けた。折り重なる人影の中にふと見知った背中を見た気がしたが、それも忽《たちま》ち色とりどりの着物に隠れて見失った。

「とても涼やかな方でしたね」

ほれぼれとした口振りで小吉が囁いた。

「そう、ね……」

　確かに、雰囲気のある男だった。だが、千代は返事の文をもらえなかったことをどう思うだろうか。男が返事をしたためなかったのは、見知らぬ自分が取り次いだせいではないかと、茫漠とした不安が胸に広がる。

「まだ、ご気分がお悪いですか」

　浮かない顔の小吉に、慌てて首を振った。

「もう大丈夫よ。本当に助かったわ。ありがとう」

「お静様のお役に立てましたなら」

　小吉が幼い頰に誇らしげな色を浮かべ、静は目を細めた。

七

「今日も、調子が悪いと嘘をついて三味線のお稽古を抜け出してきました」

　静の部屋にやってきた千代は、小さく舌を出した。興奮気味の千代に、背後の岩は困り顔だ。

「早くお返事をお渡しください」

　出された茶には目もくれず、千代は身を乗り出した。

「ありません」

心苦しさを押し殺して静が答えると、千代は固まった。

「わたくし、お返事をお願いしましたよね」

「はい。ですので、紙も筆も準備してお約束の茶屋へ参りました。お相手はすぐにわかりましたので、文を読んでいただきました。そちらはお持ち帰りになりました」

静の体調で場所を変えたことは省き、噛み砕くように言ったが、千代は顔を青くして静を睨んだ。

「では、なにゆえですか。まさかお返事をなくしたなんてこと」

「お返事は口頭で、と先方が望まれました」

予想もしない返答だったのだろう。千代はぽかんと口を開けた。

「すべて承知いたしました。しかし、ありがたいお申し出ですが、お受けすることはできません、とのことです」

「本当に、本当にあの方がそう仰ったのですか」

千代が喘ぐように言った。辛い気持ちが込み上げるが、飛脚屋が勝手に返事を変えるわけにはいかない。静は平静を装ったまま、答えた。

「もうあの水茶屋には参りません。どうもありがとうございました、と」

「あの方は、わたくしのことがお嫌いだったのでしょうか」

声を震わせる千代に岩がそっと寄り添う。千代は、岩を見上げた。

「ねえ、岩。わたくし、そんなに大それたお願いをしたかしら」

「お願い……とは何のことですか」

呆然と呟いた後、岩は血相を変えた。

「お嬢様、一体文に何をお書きになったのですか。御礼とお詫びだけではなかったのですか」

岩に質され、千代は言葉に詰まった。

「お聞きしてもよろしいでしょうか」

口を挟むと、千代は岩から逃げるように静へ視線を戻した。

「先日、あの御文は御礼と約束の終わりをお告げするものだと伺いました。お岩さんも同じでいらっしゃるようです。けれど、そうではなかったのですね」

岩から目を逸らしたまま、千代はこくりと頷いた。

「あの方に文の内容についてお訊ねしましたが、教えていただけませんでした。差し支えなければ、何をお願いされたのかお聞かせいただけますか」

千代は眉を寄せ、悲しげに言った。

「わたくしの婚礼の祝いに、下駄を一揃え、拵えて欲しいと」

「お嬢様っ」

「そちらの言い値で構わないから是非に、と書きました。届け先にうちのお店の名を記し、ここに届けてくれれば必ず買い取るからと」

一度言葉を切った千代は、強い口調で続けた。

「名も知らず、たった四度《よたび》お会いしただけで、終わりたくなかった。あの方と知り合った証をこの手に残したかったのです。あの方は下駄の職人です。それが一番いいと思い、内緒で書きました」

千代の告白に、岩の顔が白くなる。

「確かに、下駄を一揃えお願いする……問題ないように思えますね」

静がひとりごとのように口にすると、

「そうでしょう」

千代は興奮した様子で語気を強めた。だが、静の落ち着いた表情を前に、勢いを失ったように声を落とした。

「それなのに何故、あの方は断られたのでしょう。お返事に迷われましたか。それとも……」

縋るように見つめられ、答える声に少しだけ苦さが滲んだ。

「迷われませんでした」

千代は唇を噛んだ。大きな瞳にみるみる涙が溜まり、千代は突っ伏した。震える背を、岩が撫でる。悲しい嗚咽が部屋に響く中、静はその姿を見つめるしかできなかった。

「お嬢様、どうしてそのようなことをなさったのですか」

しばらくして、岩が覚悟を決めた固い声で言った。

「あなただってわかってるでしょう。わたくしがどのような気持ちでいたのか。あなたが一番よくわかってるでしょう」

千代が泣き濡れた顔を上げ、責めるように岩を見た。だが、岩は厳しい表情を崩さなかった。

「お千代様。おかみさんがどのようなお気持ちで、此度のことをお許しになったかわかっておられますか」

千代は体を起こし、鼻を啜って訝《いぶか》しげに眉をひそめた。

「御文の件、おかみさんはご存じです」

絶句した千代は、すぐに声を荒らげた。

「内緒よって約束したじゃないっ」

「お千代様の落ち着きのなさに、おかみさんがお気づきにならないとお思いですか」

「……話したの」

「最後の御文で御礼とお詫びを伝え、お嬢様は想いを断ち切ろうとなさっているので、目をつぶっていただけるようお願いいたしました」

「お母様がそんなこと許すはずがないじゃない。わかったわ。だから、あの方はお断りになったのね。お母様が何かなさったのでしょう」

岩は悲しげに目を伏せて首を振った。

「おかみさんはわたくしの願いを聞き届けくださいました。それで思い出にできるなら、と。おかみさんも初恋の方を思い出にして旦那さんと夫婦《めおと》になられた方ですから。思うところがおありだったのでしょう」

千代が目を見開き、何かを言いかけ、言葉を探しあぐねた末に、「嘘でしょう……」と小さな声で呟いた。

「お父様とお母様は仲がよろしいし……そんな話、聞いたことないわ」

「おかみさんは、きちんと自分の想いを整理されて祝言に臨まれたと伺っております。おかみさんはお千代様の御文が御礼とお詫びだけと信じ、許してくださったのですよ」

千代は唇を噛んで涙を滲ませた。

「だって……だって、わたくし、何か思い出の品が欲しくて。本当に、それだけよ。本当は直接お会いしてお伝えしたかったのに、それは駄目だって言うから……」

岩の胸に千代が拳《こぶし》を叩きつける。目尻から涙がこぼれ落ちた。

「お嬢様のお気持ちはよくわかります。岩は、毎年ずっとお嬢様とあの方がお会いになる時間を一緒に過ごしてきたのですから」

岩の声も濡れていた。

「けれど、嫁ぐと決められたのはお千代様ご自身です」

「だって……お父様が」

千代がかぶりを振る。岩は千代の肩を掴み、引きはがすように体を離した。

「いいえ、あなたがお決めになったのです。絶対に嫌だと突っぱねられれば、旦那さんとて無理強いされなかったでしょう。お店のためとしても、決められたのはお千代様です」

千代は岩を見上げ、堪えるようにぐっと唇を噛んだ。

「あの方は、お嬢様のお申し出をすぐにお断りになったのですね」

岩は静へ訊ねた。千代の想いを誰よりも知っているはずの岩の問いに、静ははっきりと頷いて返した。

考えるように黙った岩は、千代に正面から向き直った。

「お千代様。岩は、それがあの方のお心だと思います」

「わたくしには……下駄の一揃えを作ってやる価値もないと」

自嘲混じりの声に、岩は首を横に振った。

「きっと、あの方なりのお考えがおありだったのです。あの方は、十《とお》以上も年下のお千代様にせがまれ、毎年律儀においでくださった方です。考えなしにお返事されるとは思えません」

「私もそう思います」

思いもよらぬ大きな声が出た。二人から驚いた目を向けられ、一瞬怯んだ静は、構わず続けた。

「私は一度お会いしただけですが、きちんと考えられた上でのお返事だと感じました」

男が文を書かなかったのは、自分のせいではないかと思いもしたが、それは違うと、今はっきりとわかった。あの男は決して千代を軽んじてはいなかった。文を届けた静の対応で、返事を変えるわけがない。あの男には、決意があった。最後に顔を合わせた者として、それだけは伝えたかった。

岩がほっとしたように目を和らげて、千代を見た。岩と目を合わせた千代は顔を歪め、視線を宙にさまよわせて、ひそやかに目を閉じた。

白い頬を一筋の涙がこぼれ落ちた。

「そうね……きっと、そうでしょう。わたくしとともにずっとあの方を見てきた岩が言うんですもの。何か、お考えがあってのことなのでしょう」

目を開けた千代は、肩に置かれた岩の手に指先を添えた。

「近くにいるお母様や岩の気持ちでさえ、わかっていなかったのですから。そんな子どものわたくしが、あの方の胸中を推し量るなど、浅はかなのです」

千代はもう片方の袖口で目尻を拭った。少しだけ堪えるように身を震わせ、それからわざとらしいほど明るい声を出した。

「帰ったら、あの小町下駄を処分しましょう。履けなくなって随分経つもの。ね、岩」

「はい。お嬢様」

声を詰まらせ、岩は何度も頷いた。

千代は岩に柔らかく微笑みかけ、前回と同じように袂から包みを取り出して開いた。一分金を静の前に差し出し、丁寧に深く頭を下げる。

「これまでの御礼をお伝えすることができ、来年のお約束がないことを確認できました。これで心置きなく嫁ぐことができます。ありがとうございました」

ここへ来た時とは違い、一重《ひとえ》も二重《ふたえ》も大人びた面もちで千代はゆっくりと顔を上げた。そして、すっと立ち上がる。

凜とした立ち姿を、静は少しだけ悲しく、そしてとても目映《まばゆ》く見た。

見送る静に会釈して、千代と岩は去った。

八

「首尾はいかがでしたか」

清四郎は、華膳のこの前と同じ部屋で待っていた。

「お客様のご希望通りにならないこともあったけれど、ご納得いただけたと思うわ」

席に着きながら、静は千代の涙を思い出し、息をついた。

もし、あの日、自分にもう少し余裕があったなら、あの男から聞ける話がもっとあったのでは、と思わずにはいられない。けれど、もう終わったのだ。

「これ、あなたの分だから」

小さな包みを差し出すと、清四郎は目を尖らせた。

「手間賃よ」

小吉には、その日のうちに予定より多く渡した。佐枝に話は通してあると伝えても恐縮していた小吉だったが、それだけの働きをしてくれたのだと言い聞かせると、くすぐったそうにはにかんで受け取った。

「いただけません。相談を受けるのはこちらが出した条件ですから」

清四郎が金を押し返す。静はそれを手で押し留め、上目で清四郎を見た。

「あの場にいたわよね」

男が去ったあと目に留まった背中は、思い違いでなければ、今、目の前にいるこの男のものだ。清四郎が渋い顔で動きを止めた。

「あの方の素性を突き止めたのでしょう」

「一応、何かあった時のためにと思いまして」

清四郎は決まり悪そうに目を逸らした。

「あの方はどういう方だったの」

口煩いが抜け目のない元付き人は、あっさりと町の名と職人の名前を口にした。

「以前は、下駄職人ではなかったようです。五年ほど前にその長屋へ越してきたそうで、前身を知る者はいないようでした。しかし、下駄を納めている店の方で素性を聞くことができ、少し調べました」

元々は、根付《ねつけ》職人の父の許に生まれ、根付職人として身を立てようとしていたという。同じ長屋の幼馴染みの娘と幼い頃から夫婦約束をしていたが、娘は奉公先で裕福な若い客の一人に見初められた。本人は拒んだものの、親が祝い金という名目で金を受け取ってしまい断れなくなった。それで、最後の思い出にと幼馴染みに根付を一つねだったという。男は心を込めて娘の名前にちなんだ花を彫り込んだ根付を作り、贈った。

根付とは、巾着袋や印籠、矢立て、煙草入れなどの紐の先に取り付ける留め具だ。着物の帯に紐を通し、袋が腰から落ちないようにするためのもので、主に男が使う。

娘は結婚後、大事に仕舞っていた根付を夫に見つかり、取り上げられそうになった。揉み合いの末、夫は根付を妻へ投げつけた。運が悪かったとしか言いようがない。その根付は娘の頬に当たり、大きな傷を作った。

外聞が悪いと離縁された娘は、実家に戻るに戻れず、川へ身を投げた。男はそれを知って根付職人を辞め、今の長屋に移って下駄職人としての道を歩み始めたということだった。

自分が作った、想い人への贈り物。それが、その人の運命を変えた。

あの男は、千代の申し出をどう思っただろうか。

「淡い初恋なら、胸の内の思い出だけで、移ろっていくのがいいと考えられたのかもしれないわね……」

静は小さく呟いた。だから、下駄を持参したことを口止めし、持ち帰ったのだろう。それが、男の千代に対する精一杯の思いだったのだ。

「初恋は、かなわぬものと決まっておりますから」

清四郎が遠くを見て独りごちた。思いがけぬ深い声だった。驚いた静と目が合うと、清四郎はかすかに苦い笑みを浮かべた。

「そういうものでございましょう」

そう言って、酒をあおった。静は清四郎を静かに見つめた。

幼い頃、兄のようにも慕い、初恋にも満たない憧れを抱いたこの男の前では、つい娘の時分に戻ったような口振りになってしまう自分がいる。みっともないところをいやというほど知られている相手だからだろうか。この一年、避けていたのが嘘のように、清四郎が目の前にいることを自然に感じているのが、不思議だった。

「あれから体調はいかがですか」

不意に訊ねられ、静は我に返って己の姿を確認した。

「おかげさまで何もないけど、具合悪そうに見えるかしら」

清四郎は疲れたように息をついた。静は首を傾げながら、大事なことを思い出した。

「あ、そうだわ。小吉を借りる話をした時、お佐枝さんに屋号を決めて欲しいと言われたの」

「屋号ですか」

清四郎が顔をしかめる。やはり商いをやめる気はないのか、と言いたげだ。静は気づかぬ振りで続けた。

「以前、十七屋《じゅうしちや》という有名な飛脚屋があったのは知ってるわよね」

「十七夜を立ち待ち月と呼ぶことにかけて、忽ち着く、という意味でつけられた屋号ですね。日本橋室町の栄えた店でしたが、かなり前に米を巡る不正事件で処罰を受け、闕所《けっしょ》（家財没収）になったと記憶しておりますが」

「後半は縁起がいい話ではないけれど、隠れ町飛脚屋だし、同じ月からとって、三十日屋《みそかや》にしようと思うのだけど」

「三十日、ですか」

訝しげに清四郎が問い返した。

「朔日《ついたち》の前日の月を三十日の月、って言うでしょう。あるけれど見えない月よ。それが見えると、奇蹟のようだという月のこと」

あの男に千代を思う気持ちは、確かにあった。それが、千代に見える形でなかっただけで。それがいつか、千代に伝わるといい。今でなくとも、いつか。

そして、千代が千代の二親《ふたおや》のように幸せな夫婦になることを願って、静は窓の外へ目を向けた。見える範囲に、月はなかった。それでも月は消えたわけではなく、必ずどこかにある。また目にする日まで、ただ見えないだけだ。

「とてもよい号かと」

いつになく穏やかな返答が耳に届き、静は柔らかく目を細めた。

清四郎は窓の外に視線を移しながら、初仕事をやり遂げた静の横顔を盗み見し、再び盃の酒を飲み干した。


清四郎と別れて長屋に戻った静は、つたの迷惑にならぬように足音を忍ばせて部屋に入った。いつの間にか見慣れた部屋で、あることを思い立ち、筆に墨をつけて外に出る。

どこからか虫の声が聞こえる中、腰高障子の『於しず』の文字の隣に、見えない円の一部のような細い弧を静はそっと描き足した。

第二話

若旦那の大望

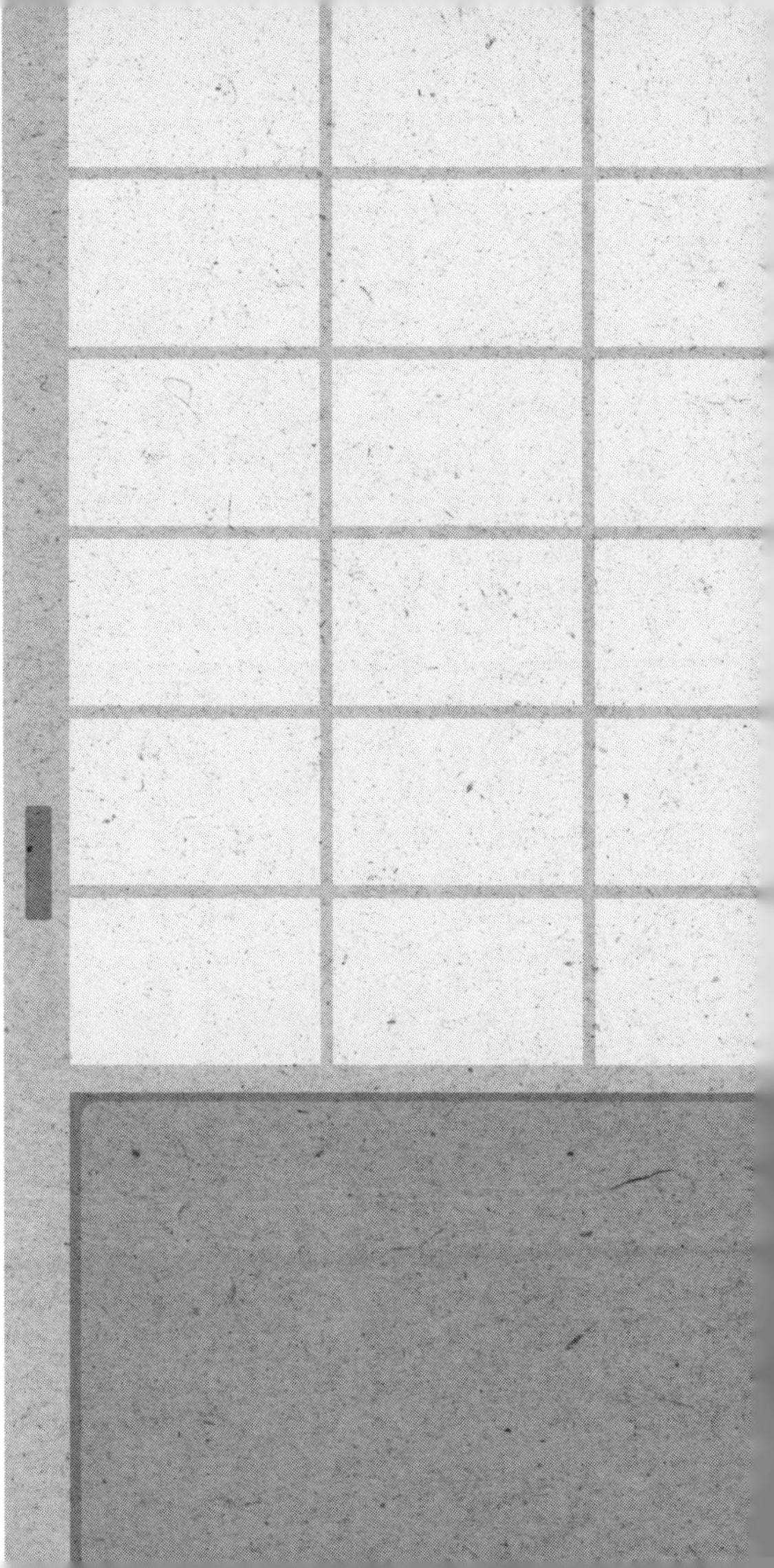

一

ここ数日、空は青く、小春日和《こはるびより》が続いていた。

暖かな日射しの中を身を切るような風が吹き抜け、静は思わず襟首を合わせた。朝晩は寒さが身に染みる。本格的な冬はすぐそこだ。

もうすぐ霜月《しもつき》も半ばだものね、と静は小さく独りごちた。

長屋に越して、ほどなく三月《みつき》になる。三十日屋の初仕事を終え、一月半が過ぎた。

「おかえり、お静先生」

いつものように手習いの手伝いから帰ると、奥の井戸端で洗い物をしていたつたが立ち上がった。

つたの周りにいる女房連中の会話が止まる。皆、手を動かしながら、こちらの様子を窺っているのがわかった。居心地の悪さが足下から湧き上がる。ただいま戻りました、と急いで頭を下げ、静は一番手前にある自分の部屋の腰高障子に手をかけた。『於しず』の文字とともに、円の一部のような細い曲線――三十日屋の印が目に留まる。

この一月、佐枝からの音沙汰はない。ため息が漏れかけたその時、

「お静様」

高く響く声に呼び止められた。

振り返ると、木戸の方から聞こえた声の主は、息を切らせた小吉だった。

好奇の眼差しが背中に突き刺さり、胃の腑が締め付けられるように身が竦《すく》んだ。

「おや、お客さんかい」

世話役のつたが、勢い込んで近づいてくる。

「あ、あの、ちょっと出てきますね」

引き攣《つ》った笑みを浮かべ、静は小吉を隠すように後ずさった。

「ほいよ。夕餉は」

「すぐ戻ると思います。もし戻らなければ、明日の朝に回してください」

慌てて頭を下げると、小吉の背を押して静はその場を離れた。

通りに出た途端、小吉が悄気《しょげ》た顔をした。

「ご迷惑をおかけしましたか」

「いいのよ。佐枝さんから言付けを持ってきてくれたんでしょう」

宥めるように口調を和らげるも、小吉は静の両目をじっと見上げた。誤魔化しが利かない目だ。静は観念して小さく息をついた。

「長屋で、様付けはやめてくれると助かるわ」

小吉ははっと目を見開いて、「わかりました。気をつけます」と頭を下げた。

「それで、もしかして、お客様がいらっしゃったのかしら」

訊ねる声が僅かに浮ついた。静の営む三十日屋は、少し変わった町飛脚屋だ。頻繁に客があるとは思えないものの、そろそろ、という期待が頭にちらつく。

「あっ、そうです。こちらを預かって参りました」

静の望み通り、小吉は懐から文を取り出した。

「日本橋通《にほんばしどおり》一丁目の呉服問屋、白川屋《しらかわや》の丁稚《でっち》さんがお持ちになりました。若旦那様の使いだそうです」

どこかで聞いたことがある店の名だ。静は考えを巡らせながら文を受け取った。

達筆とは言い難い筆で『三十日屋　主人様』『白川屋幸次郎《こうじろう》』と記されている。

前回の仕事が済んだ後、佐枝に屋号を伝えた。とてもいい屋号ね、と手を打ち合わせた佐枝は、早速その名を用いて宣伝してくれているらしい。

こそばゆい気持ちで文の結び目を解くと、お願いしたいものがあるので、明日の昼八つ過ぎ、とある場所へ来て欲しいという旨が簡潔に書かれていた。

「両国柳橋《りょうごくやなぎばし》の亀屋《かめや》」

声がひっくり返った。驚いた小吉が目を白黒させる。

両国柳橋の亀屋といえば、貸座敷も持つかなり名の知れた高級料亭だ。とてもではないが、静などが利用できるような店ではない。

静は目を瞬かせて、小吉と顔を見合わせた。

「白川屋って……もしかして、あの老舗《しにせ》呉服問屋の」

小吉がこくりと頷く。道理で聞き覚えがあるはずだ。

「お佐枝さんに話を聞かなきゃ」

静は小吉とともに診療所へ向かった。


松原診療所は、神田川沿いの町の中にある。静が住む長屋から、小半時《こはんとき》（約三十分）ほどの距離だ。

「お佐枝さーん。お静様がいらっしゃいましたぁ」

診療所へ着くと、小吉が中へ向かって声を張り上げた。

「あら、わざわざ来たの」

奥から出てきた佐枝は、突然の来客をにこやかに迎えた。

静より十ほど年上の佐枝は、この診療所を開いた町医者の娘だ。父の弟子医師の一人を夫とし、今も母屋に住みながら、往診で出掛けることの多い父に代わって診療所を切り盛りしている。静がここで療養していた際にお世話になった相手でもあり、隠れ町飛脚屋を始める契機をくれた人でもあった。

「お佐枝さん、ご無沙汰しています」

静が丁寧に頭を下げると、佐枝は襷《たすき》を外しながら口の端を持ち上げ、お天道様《てんとうさま》が傾き始めた空を見上げた。

「外で立ち話はもう寒いし、入って」

静が口を挟む隙もない。気がつけば、診療所の奥の部屋に通されていた。

「文を拝見しました。あの、白川屋の若旦那がどうしてうちなどに……」

困惑混じりに切り出すと、あら、と佐枝が眉を上げ、得意げに言った。

「それは、もちろん私が紹介したからよ」

「お知り合いなんですか」

「いいえ。白川屋の奉公人のお婆さんが風邪をこじらせてね。今、うちで養生してるの。長く勤めてる人だったみたいで、若旦那が見舞いに来られてね」

「白川屋ほどの大店の若旦那が、わざわざお見舞いにですか」

ぽかんと口を開けた静に、佐枝は、そうよ、とくすくす笑う。

老舗の大店ともなれば、下働きも含めた奉公人の数はかなりのものに上る。その老女が若旦那にとって特別な奉公人だったとしても、直《じか》に見舞いに来るなどあまり考えられない。

「余程お暇……いえ、情にお厚い若旦那様なんですね」

「確かにお優しい風情だったけれど、それだけじゃなかったみたい。ひどく浮かない顔をされていたから、お茶にお誘いしてみたのよ」

「お茶に、ですか」

軽い口振りに驚かされ、静は思わず問い返した。相手は大店の若旦那だ。もし自分が佐枝の立場だったら、声を掛けられる気がしない。

「ええ。奉公人の具合がそれほど気掛かりなら、病状を詳しくご説明しようかと思って。だけど、他に心に掛かることがあって、気晴らしを兼ねていらしたみたいで。事情をお訊ねしても言葉を濁されるから、それなら、と話の種に三十日屋のお話をしたのよ。大店の若旦那から噂が広まれば、しっかりとしたお客様も増えそうでしょう」

うふふ、と微笑む佐枝に目が眩《くら》み、静は顔を伏せた。自分にもこのくらいの肝の太さがあれば、と思う。そうすれば、長屋でももっと上手く立ち回れるだろう。

「そうしたら、すごく興味を持たれてね。早速文が届いたのよ。それで、文には何て書いてあったのかしら」

佐枝は楽しげに目を輝かせ、身を乗り出した。

「明日、両国柳橋の亀屋に来て欲しいそうです」

「あらまあ。それじゃ、おめかしも頑張らなきゃね」

静は固まった。確かに、高級料亭にいつもの着物で行くわけにはいかない。せめて店の格に釣り合う着物が必要だし、そもそも、そんな場所で粗相がないよう振舞える自信もない。静は恨めしげに佐枝を見た。

「他人事だと思ってるでしょう」

「まあまあ、着物はまだいくつか持ってるでしょう」

「いくつかは……。でも、亀屋なんかに着ていけるようなものがあったか」

佐枝ならどんな着物も堂々と着こなして、高級料亭にだって入っていけるだろう。けれど、静にそんな度胸はない。

手持ちの着物を必死で思い出そうとする静を横目に、佐枝は考えるように頬に手を当てた。

「清四郎を連れていった方がいいんじゃない」

「清四郎への相談は、先方のお話をお聞きしてからですよ」

上の空の返事に、佐枝は珍しく難しい顔をした。

「それで不都合がないならいいけど、ねえ」

二

柳橋につながる両国広小路《ひろこうじ》は、両国橋が造られた際に火除地《ひよけち》として設けられた広場で、江戸随一の盛り場だ。芝居や見世物、水茶屋や食べ物などの様々な小屋が立ち並び、多くの人で賑わっている。

亀屋はその喧噪から僅かに逸れた場所にあった。

昼八つ（午後二時頃）までの手習いの手伝いを、無理を言って昼九つ（正午）で抜けさせてもらった。診療所の部屋を借りて着替えを済ませた静は、亀屋を示す紋が鮮やかに染め抜かれた暖簾の前で立ち止まった。

風流な看板の下、自分の装いを見下ろすと眉間に皺が寄った。縹《はなだ》色を主体とした着物は手持ちの中では一番高級なものだが、やはり心細い。佐枝は問題ないと笑ってくれたが、本当にこれでよかったのか。今すぐにも引き返したくなる。だが、ここまで来て、客との約束を放棄するわけにはいかない。

意を決して戸をくぐると、趣《おもむき》に溢れた前庭が現れた。恐る恐る奥へ続く小道を進むと、建物の入り口横に立つ一人の女中が、あからさまな愛想笑いで静を迎えた。

「いらっしゃいませ。大変すみませんが、お名前をお伺いしてもよろしいでしょうか」

声は穏やかだが、目が笑っていない。女中の着物は、派手ではないが明らかにいいものだ。やはりこの程度の着物ではまずかったのかと、焦って口を開いた。

「三十日屋の静と申します。今日は、あの」

女中は驚いたように目を見開き、表情を和らげた。

「三十日屋様でございますね。白川屋の若旦那様から承っております。お供の方もお連れでないので、まさか迷い込まれた方かと思い、大変失礼いたしました。ご案内いたしますので、どうぞこちらへ」

どうやら場違いな町人が紛れ込んできたと思われたらしい。とんでもないところへ来てしまったと、静は身を震わせた。

通されたのは、楓《かえで》の間という部屋だった。

おくつろぎになってお待ちください、と言い置いた女中が姿を消すと、静は一人、火鉢で暖められた部屋に残された。

ほっと息を吐きながら、ひとまず部屋の隅に腰を下ろす。

部屋は八畳ほどの広さだった。畳に建具、飾られた掛け軸に活けられた花や花瓶、どれをとっても気品が感じられる誂《あつら》えだ。見る人が見れば、その値打ちがわかるのだろう。

「白川屋の幸次郎様がいらっしゃいました」

落ち着いた女の声とともに、音も立てずに障子が開いた。静は手をついて頭を下げた。

「遅くなり、すみません。こちらがお呼び立てしたのですから、どうぞお顔をお上げください」

明朗な若者の声と同時に、上品な足袋が視界に入った。

顔を上げると、仕立てのいい着物を身につけた若者がいた。二十歳を一つ二つ過ぎた頃だろうか。目は大きく、鼻筋が整った顔立ちは精悍というより柔和だ。笑みを浮かべる唇の右下にほくろが一つあり、人当たりの良さを滲ませている。

大きな黒目にまじまじと見つめられ、静は思わず目を伏せた。

「あの、私に何か……」

相手は老舗呉服店の若旦那だ。やはりこのような着物では……、と冷や汗を浮かべる静に、若旦那は慌てて口を開いた。

「あっ、これは、すみません。町飛脚屋だと伺っていたので、てっきりご主人は男の方だと思い込んでおりまして……大変失礼しました」

しどろもどろに詫びる若旦那に、静はほっと安堵した。飛脚は男の仕事だ。町飛脚屋の主人と聞けばそう思うのも無理はない。静は「それは、こちらこそ驚かしてしまいまして」と再び頭を下げた。

「本日は、このような場へお呼びくださりありがとうございます。三十日屋の、静と申します」

「突然の呼び出しに応じていただき、御礼申し上げます。日本橋通の呉服問屋、白川屋の幸次郎と申します。どうぞ、上座へお願いします」

にっこりと笑う若旦那の表情を窺う。静が知る数少ない大店の主人や若旦那は、どちらかというと腹に一物ある、裏表を持った人物が多かった。

「今日はわたしがお願いする立場ですから」

静の躊躇を感じ取ったのか、若旦那は朗らかに笑みを深めた。無邪気にも聞こえる口調から他意は微塵も感じとれず、静は落ち着かないながら上座へ移った。

向かいに座った幸次郎は、下座にも拘《かかわ》らず何とも嬉しげだ。飾らない若旦那の様子に、着物がどうだ、粗相はないかと身構えていた気が抜けた。

「お静様、今日のお昼はお召し上がりになりましたか」

「まだ……ですが」

「それはよかった。少し時間が遅くなりましたが、ここの料理はとてもおいしいので、是非お楽しみください」

青ざめた静は、小さな声で問い掛けた。

「あの、掛かりは……」

「お呼び立てしたのはわたしですから、もちろんこちらで持たせていただきます」

言うや否や、幸次郎は置かれた鈴を慣れた様子で軽やかに鳴らした。

するすると障子が開いて、待ち構えていたように料理が運ばれてくる。高価な漆塗りの蝶足膳が二つずつ並べられ、そこに並んだ料理に静は目を見張った。

一番大きな皿に載っているのは、黄色に輝くいわゆる「金ぷら」だ。町中で売られている天ぷらとは違い、卵黄を多く使うことで衣を黄金色にしたもので、高級料亭でしか出されないと聞く一品だ。

料理の豪華さに逃げ出したくなった静の脳裏を、からりと笑う佐枝の顔が過ぎった。なるようになれ、と静は腹をくくった。

控えていた女中が滔々《とうとう》とした口調で献立の説明をし、どうぞごゆっくりお召し上がりくださいと頭を下げて出ていった。

「いただきましょう」

　穏やかに幸次郎に促され、静は料理に箸をつけた。

　青菜の煮浸しを口に運ぶ。と、口内に清々しい苦みと出汁の豊かさが広がった。

さすが、味も豪華だ。感服していると、幸次郎が料理もそこそこに切り出した。

「三十日屋さんは、客が望むものを望む形で届けてくれると伺いました」

　静は慌てて口の中のものを飲み込み、箸を置いて姿勢を正した。

「はい。三十日屋はお客様が望むようにお届けする隠れ町飛脚屋でございます。ただ、曰くつきのものだけをお預かりするという条件がございまして」

「お聞きしています。扱う荷は普通の町飛脚屋では請け負うことが難しいものだけで、代金は客が決めるのですよね。半分を前金で、残りは届け終わって納得したら支払う――これで間違いはございませんか」

「その通りでございます。ただ、足が早い食べ物や犯罪に関わりのあると思われるものはお断りさせていただいております」

　なるほど、と幸次郎は感心したように頷いた。

「それで、幸次郎様のご依頼のものは」

　静が切り出すと、幸次郎は膳を横に動かし、脇に置いていた包みを前に出した。

　横が一尺（約三十センチ）ほど、縦はそれより小さいくらいの大きさだ。厚みが三寸（約十センチ）ほどもある。何かの箱だろうか、と内心で首をひねっていると、幸次郎は包みを開いた。

現れたのは紙の束だった。

「それは、何でございましょう」

静は眉を寄せて目を凝らした。表に一行ほどの文字が見える。

「わたしが書いた戯作《げさく》です」

緊張の面もちで、幸次郎は言った。

「戯作、ですか」

戯作は文章を中心にした読み物だ。草双紙《くさぞうし》と呼ばれるものよりも挿絵が少なく、物語を主体とした書物のことである。戯作の流行が始まったのは静が生まれる前で、静も娘時分に少し読んだことはあるが、まったく詳しくない。

「わたしは戯作者になりたいのです」

思わぬ言葉に驚いた静は、紙の束から幸次郎へ目を上げた。

「これを版元へ持ち込んでいただき、そこのご主人にきちんと読んでいただいた上で、出版できるかどうかお返事をいただいてきて欲しいのです」

「大店の若旦那が……なにゆえですか」

静が訝しげに訊ねると、幸次郎は改まって口を開いた。

「わたしはこれまで家の手伝いに精一杯励《はげ》んで参りました。他の若旦那衆のように遊びを嗜《たしな》むこともなく、世事にも疎いまま、粋《いき》とはほど遠い暮らしを送ってきたのです。半年ほど前、そんなわたしを見かねた幼馴染みが、少しは見識を広めるようにと戯作を勧めてくれました」

　声が熱を帯びていく。

「そして手にしたのが曲亭馬琴《きょくていばきん》先生の『椿説弓張月《ちんせつゆみはりづき》』です。源為朝《みなもとのためとも》の活躍を描いた傑作です。初めて読む戯作の面白さに、わたしは時を忘れてのめり込みました。こんなに面白いものがこの世にあったのかと、目が覚める思いでした。手当たり次第に様々な作品を読みふけるうちに、わたしもこんな話を書きたいと強く冀求《ききゅう》するようになったのです」

　一つ息をつくと、幸次郎は紙の束を引き寄せて膝の上に載せた。

「そして、三月をかけて書き上げたのがこの戯作です」

　指先で愛おしそうに表紙をなぞる姿は、さながら我が子を慈しむ親のようだ。

「白川屋さんといえば、老舗で名高い大店ですが……お店はどうされるおつもりですか」

　幸次郎は今までの力強さが嘘のように、虚しさの滲む笑みを浮かべた。

「わたしは一人息子で、母が早くに亡くなったこともあり、父は目をかけてくれました。けれど、跡取りの器《うつわ》ではないのです。戯作に出会うまでずっと家業一筋で来たにもかかわらず、この年になっても客の求めをわかっていないと皆に呆れられることもしばしばで……。ここ数年、父はわたしを見てため息をつくことが多かったのですが、最近はそれすらなく……」

語尾は細く途切れた。先ほどまでの朗らかさが消えた沈鬱な面もちに、静は返す言葉を見つけられず、口を閉じる。思い切ったように、幸次郎は声を発した。

「わたしは、この戯作で父に認められたいのです。馬琴先生までとは言わずとも、思わぬような才能があるのだと、父に知ってもらいたいのです」

間を置かず、深々と頭を下げた。

「よろしくお願いいたします」

しんと静まり返った部屋に、火鉢の火種の音だけがかすかに聞こえた。真っ直ぐな幸次郎の覚悟に気圧されながら、静はおずおずと切り出した。

「あの、では、ご自分でお持ち込みになられればよろしいのでは」

顔を上げた幸次郎は静を見つめ返し、がっくりと肩を落とした。

「実は、書き上げてすぐに持ち込んだのです。ですが……なかなかうまくはいかないものですね」

幸次郎が言うには、初めて読んだ戯作の版元へ真っ先に原稿を持ち込んだという。しかし、けんもほろろに断られた。

「持ち込みをする若者は少なくないようで、戯作者になりたいのなら道は二つと言われました。版元に奉公人として見習いに入り、仕事の傍《かたわ》ら戯作を書いて認められるのを待つか、短歌や狂歌、俳句の会などの伝手《つて》を頼って有名な戯作者の弟子になるか、と」

　幸次郎は目を伏せた。

「寺子屋の後も父につけられた師に学んでいますが、わたしは文化人の世界に興味がなかったため、どこの会にも属していないのです」

「それでは、もう一つの……」

　言いかけ、静は口を噤んだ。幸次郎は力なく首を横に振った。

「戯作者になれる確かな当てもないのに、一人息子のわたしから店を捨てたいなどと言い出せるはずもありません」

「……そうですね」

　店の大きさや歴史に違いはあれど、静も幸次郎と同じように家業を継ぐべく育てられた身だ。幸次郎の気持ちもわかる。

「けれど、戯作を諦めるなどもっと考えられません。わたしは、本気です。戯作者になれるのならば、店を捨てる覚悟です。なので——」

　自分を励まそうとでもするように、幸次郎は明るい口調で続けた。

「他の版元なら別の方法があるかもしれないと考え、わたしは江戸中の版元を片っ端から回ることにしました」

「片っ端から、ですか」

目を見開いた静は、呆れたように聞こえないよう慎重に聞き返した。

「はい。ただ、わたしは本当に無知で、地本問屋と書物問屋の区別もついておらず……大変恥ずかしい思いをいたしました」

幸次郎はこめかみをかいた。

戯作や黄表紙などの草双紙を扱う版元が地本問屋で、昔からある漢書に類する書物や唐渡りの医学書など、勉学のための本を扱うのが書物問屋だ。それも知らず、片っ端から回ろうとしたという幸次郎のひたむきな無謀さに、静は軽くめまいを覚えた。

「それで、どうなったのでしょうか」

怖いもの見たさに近い心地で問うと、幸次郎ははにかんだ。

「小さな版元ですが、出版してもいいと言ってくださるところがあったのです」

「あったのですか」

静の意外そうな声にも幸次郎は嬉しそうに頷き、次いで浮かない顔になった。

「ですが、戯作に興味がない父でも聞いたことがあるような大きな版元がいいと思い直し、お断りしました。そうやって認めてくださる方もいるとわかったので、改めて大きな版元のいくつかにわたしの決意をお伝えに伺ったのですが……」

歯切れ悪く口籠もり、幸次郎は目に見えて項垂《うなだ》れた。

「何度も伺うもので、商いの邪魔だと……出入禁止になってしまいまして」

　出入禁止、と口の中で繰り返し、静は瞬いた。

「数日、部屋にこもって懸命に考えたのですが妙案も浮かばず、気分を変えようと奉公人の見舞いに伺った松原診療所で、三十日屋さんのお話をお聞きしまして」

　顔を上げた幸次郎は、突如として立ち上がる。呆気にとられる隙もなく、静の側に歩み寄って座り直した。

「これは運命《さだめ》と思い、文を送らせていただきました」

　気迫溢れる眼差しが、静を見据えた。始めて間もない三十日屋は、人の口の端《は》に上るような店ではない。佐枝の話を眉唾だとは思わなかったのだろうか。それとも、真偽など考えず、これだ、と飛びついたのか。どちらにせよ、幸次郎にとっては藁にも縋る思いだったに違いない。

「ですから、お願いいたします。早くお返事をいただき、年内に父に報告できるようにしたいのです」

「年内ですか」

　静は声を跳ね上げた。

「年が明けると、父の還暦祝いがあるのです。その席でわたしは跡取りとして披露目されることになっているのです」

　大店の主人は四十代で跡継ぎに店を譲り、隠棲することも珍しくない。父親が還暦目前となると、幸次郎は大分遅くにできた子なのだろう。その子が、店を継がずに戯作者になりたいと言っているのだ。父親のことを考えると、複雑な思いが胸に過ぎった。

「お受けいただけますでしょうか」

静は目をさまよわせた。幸次郎の熱意はひしひしと感じる。けれど、素直に頷きかねた。自分でも理由がわからないでいると、冷えていく膳がひっそりと置き去りにされているのが目に入った。静の暮らしでは一生に一度もお目にかかれないような膳だ。幸次郎にとって藁に縋るための最善手だったのだろうが、どれほど豪奢な膳であっても、幸次郎には原稿の方が重要なのだ。

酔狂としか思えない依頼だが、三十日屋にたどり着くまでの経緯を考えても、ただの若旦那の気まぐれではないと思えた。

「大きい版元というのは、どこかご希望がおありなのでしょうか」

静は覚悟を決めて、訊ねた。幸次郎は勢い込んで一息に答えた。

「馬琴先生が新作を書かれていると噂の山青堂《さんせいどう》さんか、『椿説弓張月』の平林堂《へいりんどう》さん。そして、一番の本命は馬琴先生を育てたという耕書堂《こうしょどう》さんです」

どこも静でさえ耳にしたことがある版元だった。幸次郎は深く頭を下げた。

「どうかお願いします」

「お代はどうなさいますか」

静の返答にゆっくりと目を見開いた幸次郎は、急いで袂から包みを取り出した。

「これくらいでいかがでしょうか」

差し出されたものに、束の間、呼吸が止まる。

「これは、前金ですか」

「もちろんです。受けていただけますか」

きらりと輝く一両小判に、静は小さく喉を鳴らした。小判など、そうそうお目にかかれるものではない。

「わかりました。若旦那様のご依頼、お受けいたします」

幸次郎の満面に、笑みが広がった。やはり大店の若旦那だ、と動揺を抑えながら、静は丁寧に頭を下げた。

三

「大店の若旦那が、戯作者になりたいだなんてねえ……」

亀屋を出た静は思わず独りごちた。

高級料亭の料理はとても手が込んでいたが、上機嫌になった幸次郎に戯作について熱く語り倒され、じっくり味わえなかった。店を出る際に、土産の菓子と付き人に用意されていたという料理の折り詰めを持たされた。

迸《ほとばし》る幸次郎の熱意と部屋の暖かさに火照った頬を外の空気で冷やしつつ、静は長屋へ急いだ。この後、華膳で清四郎と落ち合うことになっている。またあれこれ小言を言われるのかと思うと煩わしくもあるが、仕方ない。

「おつたさん、ただいま戻りました」

静が荷物を抱えたまま、隣に声を掛ける。顔を出したつたは一瞬動きを止め、静の姿を上から下まで何度も眺めてから、胡乱《うろん》なものを見る眼を向けた。

「今日はえらくめかし込んでるじゃないかい。どうしたんだい」

「ええ、ちょっと……料亭に出向く用事がありまして」

「料亭だって」

つたはぎょっと目を剝いた。

「すみません。私、これから出るので夕餉はいりません。それで、あの、これ、もらいものなのですが……よければ召し上がってください」

以前のことを思い出し、口止め料のつもりで折り詰めを差し出すと、つたが後ずさった。

「なんだいこれ。亀の模様の包みって……まさか、両国柳橋の亀屋の折り詰めかい」

頓狂な声が細い路地に響き渡り、肝が冷えた。初仕事の後しばらく、静の商いがいつ長屋中で噂になるのかとびくびくしていたが、まったく話題に上る気配はなかった。つたが約束通り黙っていてくれたのだと、ほっとしたのが台無しだ。

「おつたさん。もう少し声を小さく……」

「本当にいいのかい。ええ、こりゃ結構重たいじゃないか。一段じゃないね」

「あの、下はお土産の菓子で……」

　つたは両手で折り詰めを抱えたまま、身を乗り出してぐっと静に顔を近づけた。

「本当に、もらっちまっていいのかい」

「おつたさんにはいつもお世話になってますし、これからすぐ出ないといけないので……」

　つたは思案顔になって、それから、よし、と強く頷いた。

「わかったよ。菓子は先生の分を取り分けておくからね。全部、本当に全部もらっちまっていいんだね」

　静が何度も首を振ると、つたは持って回ったように切り出した。

「じゃあ、長屋の皆と分けてもいいかい。量も多いし、うまいものはうまいうちに食うに限るだろ」

　高級料亭の折り詰めを持ち帰るなど何と言われるだろう、と不安になったが、つたの目はいつになく真面目だ。つたがそんなに言うなら……、と思い直した。

「構いません。手間をおかけしますが……」

「こんないいもんにありつかせてもらって、手間も糞もあるもんかい。急ぐんだろ。着替えなきゃならないんじゃないのかい」

「あ、はい。着替えたら出ますので」

慌ただしく静が部屋に入ると、障子の向こうからつたの声が飛んできた。

「このおんぼろ長屋にはちいっと不似合いかもしれないけどさ。その着物、先生によく似合ってるよ」

静は着物を脱ぐ手を止めた。これは静の嫁入りが決まった時、これまでのような華やかな着物ばかり着るわけにもいかないのよ、と亡き母が誂えてくれた特別な着物だった。そんなことを知るはずもないつたの無愛想な物言いが、妙に胸に染みた。

「ちょいと、おゆきちゃん、おしげさん。皆、出ておいでよ。飯の支度をやめて、すぐだよ、すぐ」

長屋の奥に向かって叫ぶ声に続いて、外が騒がしくなる。

ざわつく気配を背に、いつもの格好に戻る。慣れた着心地にほっと一息ついて、静はそっと長屋を出た。


華膳の座敷にも小さな火鉢が焚かれていた。

「大店の若旦那が戯作者に、ですか」

ただでさえ迫力がある清四郎の眉間に、深い皺《しわ》が寄った。静は温かな汁物を飲み込んで、口を開いた。

「ご自分の戯作を、版元のご主人に見ていただきたいそうよ」

困惑を面に表す清四郎に、依頼の詳細を説明する。

「紙の束が、前金で金一両ですか。さすが大店の若旦那ですね」

嫌みな口振りに静はつんと言い返した。

「熱意に溢れる生真面目《きまじめ》な方だったわよ」

「真面目な方が、店を捨ててもいいなどと仰るとは思いませんが」

「それはそうだけど……若旦那は本気だったわ。それだけのお覚悟があるということよ」

清四郎は冷ややかに目を細めるとそれ以上何も言わず、大根を口に運んだ。眉間の皺は残っているが、これ以上口を出す気もないようだ。

「ねえ、やっぱり……亀屋はお高いわよね」

清四郎なら見当がつくのではないかと思い、怖々《こわごわ》訊ねると、清四郎は菜飯をかき込みながら素っ気なく答えた。

「きっと料理切手をお持ちだと思いますよ」

静が首を傾げると、清四郎は箸を止めた。

「お金持ちの方の間で、物の贈答品の代わりに贈られる金券です。料亭がお得意様に発行しています」

「そんなものがあるのね」

「先方にすればお静様一人分などたいしたことはないでしょう」

贈り物の消費ならいいというわけではないが、少し気が楽になった。

「此度のご依頼ですが、お一人で問題ないかと思われます。どうされますか」

また結論を変えたりするのではないか、と疑いの眼差しを向けると、清四郎はばつが悪そうに一つ咳払いをした。

「明日から、若旦那が希望されている版元を回ってみようと思っているけど」

「山青堂は筋違《すじかい》御門外《ごもんそと》神田《かんだ》平永町《ひらながちょう》、平林堂は本所《ほんじょ》松坂町《まつざかちょう》、老舗の耕書堂は日本橋通油町《あぶらちょう》にありますね」

即答され、静は素直に感嘆した。

「よく知ってるわね」

「どこも有名な地本問屋ですから。お静様は、飛脚問屋の手代頭を見くびっておいでですか」

清四郎の目が白ける。

「そんなつもりで言ったわけじゃ」

慌てて弁解しようとするが、清四郎は耳を貸す素振りもなく、いつもの厳めしい顔つきで続けた。

「しかし、お話を聞く限り、若旦那はその界隈で有名になっている恐れがあるのでは。どのように話を進めるのがいいか、まずは様子を探ってみられるのが肝要かと」

「版元に伺って、改めてきちんとお話しさせていただくわ。本人でなければ落ち着いて対応していただけるでしょう」

果たしてどうだろうか、とでも言いたげに静を見遣ると、清四郎は無言で料理を口に運んだ。

四

耕書堂と書かれた掛け暖簾の奥に、熱心に品定めする客の姿があった。

店の片側には大きな暖簾が地面まで張り出され、もう片方には通りから見えるように役者絵が華々しく飾られている。

通りを木枯らしが吹き抜けた。店の様子を少し離れた場所から見つめていた静は、一つ身震いしてから足を踏み出した。

「いらっしゃいまし。何をお探しですか」

声を掛けてきたのは、店の若い娘だった。看板娘だろうか、襷と前掛けがよく似合っている。活き活きとした勝ち気な眼差しに、どこか幸次郎と似たものを感じながら、静は手近な空いた場所に腰を下ろした。

「馬琴先生の戯作はあるかしら」

「もちろんございます。どのようなものをお探しですか」

「私はあまり詳しくなくて、お土産にと思っているのだけれど」

「定番ですと、今はこちらが評判ですね」

娘が持ってきたのは、幸次郎が初めて読んだという『椿説弓張月』だった。

「歴史ものですが、どなたでも楽しめます。お土産でしたら山東京伝《さんとうきょうでん》先生もおすすめですし、他にもこのようなものがありますよ」

にこやかに言いながら、娘は畳の上にいくつも本を並べていく。どれも同じように思え、静はひとまずその一つを取った。めくると、長い髪を垂らす恨めしそうな女のやつれた姿が見えた。慌てて本を閉じると、娘は顔を輝かせた。

「そちらは怪談ですね。今はやや季節外れですが、根強く好まれる方がよくいらっしゃいます」

怖い話を好む人がそんなにいるのだろうか。眉根を寄せた静は、他の本を手に取りながら、さりげなく切り出した。

「戯作ってたくさんあるんですね。戯作者を志《こころざ》される方は、多いのですか」

「そうですねぇ。有名な先生の許には、お弟子さんになりたいと仰る方がよくいらっしゃるとお聞きしますね。なかなか弟子をとられることはないようですけど」

「こちらに来られたりは」

「ございますよ。あ、少し前まであちらこちらに出入りする方がいらっしゃって、版元の仲間内で噂になってました」

娘は声を落としつつも、どこか弾んだ口振りで言った。やっぱり、と静は胸の内で息を吐いた。昨日訪れた版元でも同じ話を聞いた。戯作者を志す意気盛んな若者がいて、とても迷惑をしている、と。

「実は、近くの大店の若旦那さんなんです」

こっそりと囁かれ、静は思わず固まった。

「も、物好きな若旦那もいらっしゃるんですね」

「ご熱心なのはいいのですが、店に長く居座られるので出入禁止になったんです。こんなこと初めてですよ」

娘は左右を確認してから、小声で言った。

「若旦那といえば吉原《よしわら》に芝居にと遊びに余念がない方が多いじゃないですか。だけどあそこの若旦那は家業一筋で、お店の将来は安泰だなんて言われてたんですよ。なのに今は、あそこの身代《しんだい》は大丈夫かってお客様の口に上るくらいで、人ってわからないものですねぇ」

感慨深げに娘は息をついた。静が口をきけずにいると、驚いていると捉えたのか、娘は楽しげに、でも、と続けた。

「あれだけご熱心なんですし、あたしは上手く言いくるめて御作を出版してしまうのも手だと思うんですよ」

どういう意味だろうと首を傾げると、娘はうふふ、と笑って耳打ちした。

「だって、あれほどの大店ですよ。若旦那が本を出すとなれば、ご主人がたくさんお買い上げくださるでしょう。お付き合いのある方々も一冊ずつ、と考えたら、かなりいい商売になると思いませんか」

静は、娘の商売気質に目を瞬かせた。

「確かにそうですね」

感心して言うと、娘は嬉しそうに目を細めた後、小さく舌を出した。

「ま、うちの旦那様はそんなことなさいませんけどね。いくらお金を積まれても、版元の矜持《きょうじ》は売りません」

娘は得意げに胸を張った。

「旦那様は伝手のない持ち込みは見られないご主義ですし、若旦那さんが名乗られたものだから、大店の名を振りかざすような奴は駄目だの一点張りで」

ああ……、と力が抜けた。幸次郎の真っ正直な部分が裏目に出ている。

「先代の名を貶めるような本は決して出版しないと、普段から豪語なさってますから」

静は改めて店の中を見回した。なるほど、客が入れ替わり立ち替わり訪れるのは、先代からの実績があるからなのか。

「先代はどのような方だったのですか」

「先代は、京伝先生の御本を何冊も出し、馬琴先生や葛飾北斎《かつしかほくさい》先生を育て、十返舎《じっぺんしゃ》一九《いっく》先生を江戸での成功に導かれた方です。その上、東洲斎写楽《とうしゅうさいしゃらく》の絵を一手に手がけたのですから、ものすごいでしょう。十五、六年前にお亡くなりになったので、お会いしたことはないのですけど」

　戯作に疎い静でさえ耳にしたことがある名前ばかりだ。

「それはすごいですね。では、今のご主人は」

「今の旦那様は、先代に見込まれて蔦屋《つたや》重三郎《じゅうざぶろう》の二代目となられた方です。先代と同じように狂歌本などに力を入れて商いを大きくされたのですが、十年ほど前にお上から華美だとのお咎めを受け、今は以前より落ち着いていると聞いています」

　少し沈んだ顔をした娘に、そういう風には見えませんね、と静は微笑みかけた。先代の華々しさには負けるのかもしれないが、気休めでなく今も十分繁盛しているように見える。娘は愁眉を開いて礼を言うと、改めて誇らしげに続けた。

「旦那様は、目の前の仕事にきちんと取り組まれる誠実な方ですから」

「それは何よりですね」

　その主人が幸次郎の原稿を見ないと決めているとなると、正面から頼むのは難しそうだ。どうしたものか、と考え込む静の意識は、娘の言葉に引き戻された。

「それで、どの本になさいますか」

　商魂たくましい笑顔が眼前に迫り、静は頬を引き攣らせた。

五

「私をお呼びになったということは、首尾良く、とはいかなかったのでしょうね」

華膳のいつもの座敷で、清四郎がちらりと静を見た。

「残念ながら、清四郎の言う通りだったわ」

静は渋々認め、重くため息をついた。三軒の版元をすべて回り終えたものの、次に打つ手を見つけられず、やむなく清四郎を呼び出したのだった。

「とてもじゃないけど、戯作を見てもらいたいなどと切り出せる状態じゃなくて」

版元の主人は多忙で、どこも不在だった。作家や絵師の許へ原稿を取りに出掛けたり、抱えている職人や作家を接待したりと出歩くことが多いらしい。

そんな事情を説明しても、主人に会うまでは、と毎日のように居座り、店の者を摑まえてあれこれ語り続けた幸次郎は、どの版元でも噂になっていた。出入禁止も当然だ。その上、根負けした番頭が原稿を拝見しようと申し出れば、主人ではないから見せられないと断ったと漏れ聞こえるに及んで、静は頭を抱えたのだった。

「そうでしょうね。そもそも大店の若旦那が本気で戯作者に、と考えていること自体、どなたも想像していないでしょうから」

返す返すも清四郎の言う通りで、静は黙るしかない。けれど、版元を巡ってわかったこともあった。どこも幸次郎を迷惑がってはいたものの、悪く言うところはなかった。呆れつつも幸次郎の熱意は認めているようだった。

「此度は、前金が前金ですから、多少の手間暇をかけても十分利はありますが、人を手配して、お静様と同じことをしても意味はないでしょうね」

また重いため息をつきそうになって、静は頭を一つ振って顔を上げた。

「食事をいただきながら考えましょう。冷めてしまうと佐助《さすけ》さんに悪いし」

佐助は、おもとの亭主で華膳の料理人だ。亀屋の高級さには及ばないが、手頃な材料で絶妙な味の料理を拵える。

今日は、小松菜の菜飯に里芋の味噌汁、湯豆腐、長芋といんげん豆を甘く煮た寄せ物が並んでいた。寄せ物以外は長屋でも作れるものだが、何が違うのか、佐助の料理は口当たりが柔らかいのに味がはっきりしている。静は味噌汁の里芋を口に運んだ。味噌は辛くもないし薄くもない。芋もちょうどいい硬さだ。つたがよく使っている煮売り屋も悪くないが、やはりここはひと味違う。

一通り味わったところで、清四郎が口を開いた。

「状況を整理しましょう。問題となっている点と、解決すべき点を明確にしなければ先へ進めません。物事が行き詰まった時の基本です」

「まず、三軒の版元、いずれかの主人にお会いしなければならないわ。けれど、どこもご不在なのよね」

「作家や客をもてなされているのなら、いらっしゃるのは亀屋のような料亭や芝居小屋、または吉原などでしょうか。いずれにしても、押しかけてお会いするのは難しいでしょうね。約束のない一見《いちげん》の客など門前払いです」

湯豆腐を口に運ぶとほのかな鰹の香りが鼻に抜け、生姜の苦みが広がった。見通しは、悪い。

「外でお会いするのが難しいのはわかったわ。でも、ずっと店先に居座ってしまったら若旦那の二の舞だし」

「では、更に前に立ち返りましょう。どのような場合に、ご主人に直に戯作を見ていただくことができるのか」

「奉公人になって見込まれるか、伝手を頼るくらい……ね」

「どちらが可能でしょうか」

「それは、若旦那が奉公に上がるのは無理なのだから、伝手でしょうけど……」

静は恨めしげに清四郎を見遣った。

「清四郎には心当たりがあるとでも。とてもじゃないけど私にはないわよ」

「お静様は昔から、こちら方面への興味はお持ちでなかったですから」

「一言多いわね」

ぼそりと呟き、静は菜飯を口に運んだ。もそもそと咀嚼し、ごくりと飲み込む。

仕方なく、思いつく名前を挙げた。

「お絹たちも……興味ないわよね」

静が自《みずか》ら妹に言及するのは珍しいからか、清四郎は一瞬眉を上げたが、すぐ仏頂面に戻った。

「お絹様も旦那様も、読み物の類《たぐ》いはそれほどお好きではございませんね」

絹は昔、流行の芝居や役者絵に熱を上げて版元に出入りもしていたが、今は子どもも小さく、店をまとめる立場だ。それどころではないだろう。

「他に誰かいるかしら……」

ふと、つたの顔が思い浮かんだ。が、首を振った。多くの町人にとって本は高価で、貸本屋から安く借りて読むものだ。字を読める者は多くとも、長屋の住人に大きな版元に伝手などあるはずもない。

「お佐枝さんも、興味なさそうだし」

静の呟きに、清四郎が顔を上げた。

「源左衛門《げんざえもん》様はどうでしょうか」

静は思わず細い目を正面から見つめ返した。どうして思いつかなかったのだろう。

源左衛門は佐枝の父親で、静に今の長屋や手習いの手伝いを世話してくれた町医者だ。博識で風流人としても名が通っている。診療所とつながる母屋にも書物がたくさんあったような気がする。

「でも……先生はお忙しいし、ご迷惑をおかけするのも」

言葉を濁し、静は目を逸らした。家移り以来、診療所には何度も佐枝を訪ねたが、源左衛門とは顔を合わせていない。自分に一言もなく家移りを決められたことがわだかまり、源左衛門の多忙にかこつけて避けていたのは否めない。

だから、三十日屋を始めたことも報告しないままだ。どんな顔をして会えばいいのか考えるまでもなく、気まずい。

「お静様」

清四郎の声が鋭く尖った。

「飛脚屋は本来、飛脚を手配するのが仕事です。つまり、人を使うのが飛脚屋です」

睨むように見据えられ、思わず叱られた子どものように背筋が伸びた。幼い頃もこうだった、と思い出がよみがえる。遠い昔、周りの奉公人たちが「やれ、お嬢様」と静を褒めそやす中、まだ小僧だった清四郎だけが厳しかった。父や母に見逃してもらえることも、清四郎だけは許してくれなかった。

静が手習いに通い始めてほどなく、清四郎は静の付き人から外され、走り飛脚の見習いを始めた。いつも一緒だった付き人は、たまに店で顔を合わせる奉公人になった。それでも、清四郎は変わらず厳しかった。

――そんなことで、旦那様の跡を継げるとお思いですか。

最後にそう叱られたのは、いつだっただろう。

「使える人が誰なのか、どうやって動かせばうまくことが運ぶのか――それを思案するのも飛脚屋の務《つと》めです。己の不義理はきちんとお詫びし、それから、相手のご迷惑にならずどうすれば快く動いてくださるか、とくとお考えください」

ぴしりと言い渡され、思い出に浸りかけていた静は昔のように首を竦めた。

六

診療所の隣に建つ母屋の一室で待っていると、小半時（約三十分）ほどで源左衛門が現れた。

髪をなでつけた総髪と、伸びた顎鬚《あごひげ》は随分と白い。見た目はいかにも気難しげな老大人《ろうたいじん》といった風情だ。緊張が頂点に達した静は居住まいを正し、頭を下げた。

「ご無沙汰しております」

「今日はわしがおると、よくわかったな」

欠伸《あくび》を一つしながら、源左衛門は静の前に腰を下ろした。静はちらりと目を上げる。いつもと変わらぬ顔色に、どうやら自分の不義理は源左衛門にとってはたいしたことではなかったようだと、緊張を解いた。

「すまんな。最近忙しくてな」

源左衛門は松原診療所を開いた町医者だ。往診の際に駕籠《かご》に乗ることを許された駕籠医者でありながら、富める者も貧しい者も等しく受け入れる風変わりな医者としても知られている。そもそも静の両親が懇意にしていて、静が子どもの頃から実家に出入りしていた。両親を看取ったのも、宗之助を亡くした静を診療所で療養させてくれたのもこの人だった。

「先生は五のつく日は、いつも家で寝ていらっしゃるじゃないですか」

七十をいくつか超えているにも拘らず、驚くほど壮健な源左衛門は、診療所で患者を診るだけでなく、駕籠であちこち往診に行く。その合間に、会合だ、趣味の集まりだと、息つく間もなく出歩いている始末だ。そんな生活でも元気なのは、五のつく日にまとめて寝るからだと、よく豪快に笑っていた。

「はっはっはっ。よう覚えておるな」

「お変わりないですか」

「ああ、毎日の往診にここでの診療と、寝る間もないわい」

「家移りでは色々と手配していただいたのに、御礼に顔も出さずすみません」

あの時は、もう大丈夫だと勝手に家移りを決められ、放り出されるようで腹も立ったが、和やかな源左衛門を前にするとちょうどいい時期だったのだと思えた。

「いんやいんや。手習いの手伝い以外にも商売を始めたとな。お佐枝に聞いておるぞ」

源左衛門の口許がにやりと動く。静は、携《たずさ》えてきた箱を急いで前に押し出した。

「お佐枝さんには、色々お気遣いいただいております。こちらはお土産です」

源左衛門が皺に隠れた目を大きく開き、早速箱を開ける。

「これは、梅松堂の……何と、この時季に葛《くず》饅頭ではないか」

言うや否や、源左衛門は障子を開けて廊下の向こうの小吉を呼びつけた。

「小吉や。今日はとっておきの嬉野の茶を出しなさい」

遠くから、はーい、と高い声が聞こえ、静は慌てた。

「先生、それはかなりいいお茶ですよね。もったいないです」

「お前に飲ませるためではない。わしがこの葛饅頭と一緒に味わうのじゃ。困ることなどあるまい」

わかりやすく上機嫌になった源左衛門に、張り込んでよかった……と静はほっと胸を撫で下ろす。

茶を持った小吉はすぐに現れ、ごゆっくりどうぞ、と姿を消した。

「それで、用は何じゃ」

饅頭と茶を味わう源左衛門に言われ、静はお茶を含んだまま硬直した。

「音沙汰一つなかったくせに、わざわざ季節外れのわしの好物などを持ってくるくらいじゃ。そんなに面倒なことなのかのう」

源左衛門の糸のような目が更に細められ、噎《む》せた。葛饅頭は主に夏の菓子だが、源左衛門のところに持っていくと話し、特別にこの時季に合わせて拵えてもらったのだ。静の行動などお見通しらしい。観念して、静は姿勢を正した。

「実は、お訊ねしたいことがありまして。先生は色んな物事に通じておられますが、戯作にはお詳しいですか」

「ふむ。大層詳しいかと問われるとちと心許ないが、漢詩も古典も俳句も短歌も狂歌も一通り囓っとるし、双紙も戯作も何でも読むわな」

「では、山青堂さんや平林堂さん、耕書堂さんをご存じですか」

「もちろんどこも知っとるぞ。皆、頑張っとるな」

源左衛門は鷹揚に頷いて、顎鬚を撫でた。有名な版元を「頑張っとる」の一言で済ませてしまえる辺りが、源左衛門のすごいところだ。

「いずれかのご主人に、伝手などございませんか」

ほう、と源左衛門の細い目が光った。

「お会いしてお話ししたいことがございまして」

「それは何用かの」

静が目をさまよわせると、源左衛門は饅頭をもう一つ口に入れた。ゆっくりと時間をかけて味わってから、やおら意地の悪そうな表情を浮かべる。

「新しく始めたという商売の関係か。報告の一つもなかったくせにのう」

「お佐枝さんからお聞きかと思い、……申し訳ありません」

決まり悪く身を縮める静に、源左衛門は満足げに相好を崩す。

「戯作に興味などなさそうだったお静が、名の知れた地本問屋の主人と知り合いたいとのう……」

源左衛門は更にもう一つ饅頭を頬張った。

「そういえば、最近、何やらどこぞの若旦那があちこちの版元に押しかけとるという噂を耳にしたな」

静の顔色がさっと変わるのを見て、源左衛門はにんまりと笑った。

「仔細《しさい》を話す気があるのなら、内容によっては力になってやらんでもない」

源左衛門は信頼できる相手だ。だが、どこまで客の話をしていいものだろうか。

迷う静の前で、源左衛門は嘯《うそぶ》くように言った。

「耕書堂の蔦屋なら、わしは五本の指に入るお得意様の一人じゃな」

本命の版元だ。静は腹をくくった。

「内密にしていただけますか」

「もちろんじゃとも」

ふぉっふぉっふぉっ、と源左衛門は笑った。

静が事情を説明し終えると、源左衛門は思案顔で腕を組んだ。

「本当に、わしが蔦屋を紹介するだけでよいのかのう」

意味深長な呟きに、戸惑う。

「それは、どういうことでしょうか」

「出版できるかどうか、返事をもらえばそれでよいのか」

静は押し黙った。依頼主がそう望んでいるのだから、それでいいはずだ。なのに、何故か源左衛門の言葉にそうだと答えられなかった。そう、幸次郎の依頼に即答できなかったのと同じように。

「お前だとて、店を継ぐことの重さくらい覚えておろう」

「もちろん覚えておりますが……」

自分が幸次郎と同じ立場だったらどうしただろうか、と思いを巡らせる。きっとそれほど思いを傾けるものができたのなら、どれほど気まずくとも父に打ち明けただろう。優しい父は静の話を聞いてくれたはずだ。

そこまで考えて、疑問が湧いた。

幸次郎の父親は、息子のことをどう思っているのだろう。

幸次郎の噂は版元の周辺のみならず、源左衛門の耳に入るほど広がっている。源左衛門が情報通であることを差し引いても、当の父親の耳に届いている可能性は十分にある。跡取り息子が家業を疎《おろそ》かにしていたら、苦言の一つでもありそうだが、幸次郎の話では何もない様子だった。

——ここ数年、父はわたしを見てため息をつくことが多かったのですが、最近はそれすらなく……。

まさか、本当に跡取りとしての幸次郎に見切りをつけたとでもいうのだろうか。

それでは、戯作に出会うまで家業一筋で努力してきた幸次郎が、余りに不憫《ふびん》だ。胸の内に得も言われぬ歯痒《はがゆ》さが生まれ、静は口を開いた。

「先生、白川屋のご主人をご存じですか」

「直接会《お》うたことはないが、噂には聞くな。なかなかできた主人らしいぞ。うちで療養しておる下女も、気配りの行き届いた旦那様だと言っておったしな」

静は眉根を寄せた。どういうことだろう。奉公人に慕われる主人が、店の将来や息子に対して無関心だとは思えない。

「その、白川屋の下女はどこにいらっしゃいますか」

静が勢い込んで訊ねると、源左衛門は障子の向こうに目をやった。

「まだおるかのう。今日の夕七つ（午後四時頃）に迎えが来るとか言っておったが」

静が手習い所を出たのは昼八つ（午後二時頃）だ。残り時間はあまりない。慌てて腰を浮かしかけると、源左衛門が表情を緩ませた。

「お前も、いい顔をするようになったのう」

静は動きを止め、源左衛門を見つめ返した。からかう気配は微塵もない。長いようで一年にも満たなかった、ここでの日々が頭を巡った。

「いいことかどうか、わかりませんけど」

静の顔に淡い苦笑が浮かぶと、源左衛門は目尻の皺を深めた。

「いいに決まっとる」

頭を下げ、静は廊下へ続く障子へ手をかけた。その背に向けて、源左衛門は声を掛けた。

「もう少しわしが面白いと思える状態になったら、また来るがいい。その時は蔦屋との仲立ちをしてやろう」


急いで内廊下を診療所に向かうと、白川屋の下女は玄関で迎えを待っていた。

若旦那の知り合いだと名乗ると、老女は皺だらけの口許に笑みを浮かべた。

「おやまあ、お坊ちゃんの。気立てが良く、優しい坊ちゃんですから、どうぞよろしくお願いいたします」

ご主人について伺いたいのですが、と静が切り出すと、老女は不思議そうに小さく首を傾げ、わしにわかる範囲でしたらいくらでも、と応えた。

「白川屋のご主人はどのような方ですか」

「旦那様は、目配りの行き届いたいい旦那様でごぜぇます」

「若旦那様のことは、どのように」

老女は皺だらけの目を細めた。

「ええ、そりゃあもう、お可愛く思っておいでですごぜぇます。何せ、遅くにできた待望のお子でごぜぇますから」

思いもよらぬ言葉が老婆の口から飛び出して、静は再び混乱した。

ため息をつくばかりで、最近はそれすらも、と口を濁した幸次郎の話す父親の姿と噛み合わない。

「ただ、残念ながらお忙しいせいでゆっくりとお話しされるお暇もねぇようでございますけども」

目の前の老女はにこにこと皺だらけの顔に笑みを浮かべている。到底、嘘を言っているようには見えなかった。

静は当惑したまま礼を告げ、診療所を後にした。


腑に落ちない気持ちを抱えて長屋に戻ると、つたと斜め向かいの部屋に住む若女房のゆき、それに大工の女房のしげが、揃って外で季節外れの秋刀魚《さんま》を焼いていた。

「お静先生、おかえりなさい」

ゆきがしゃがんだままで振り返り、しげが目を上げた。

「おや、今日は遅いおかえりだね。お静先生」

自分に向けられるさっぱりとした声と顔にまだ慣れず、静はただいま戻りました、とぎこちない笑みを作った。

折り詰めを持ち帰った次の日、長屋の住人の態度が突如として軟化した。

静に距離を置いていた面々が、井戸端で静を見つけるなり駆け寄ってきたのだ。そして、折り詰めがいかに美味かったかを口々に語った。それからは誰もが気軽に声を掛けてくるようになった。挨拶をされれば返し、話しかけられれば返事をする。そんなやりとりを繰り返しているうちに、気がつくと立ち話に交じることが以前より苦ではなくなっていた。

つたが遅れて立ち上がった。にやりと笑う顔が、何とも温かく見えた。

「おかえり、先生。今晩は秋刀魚だよ」

「いい匂いですね」

「おゆきちゃんの兄さんが来てね。時季外れだからって安く売ってくれたんだよ」

しげが団扇《うちわ》で火を煽ぎながらあっけらかんと言い、つたが付け加える。

「おゆきちゃんの実家は品川の方で漁師をやってるんだけど、おっかさんがいなくてね。兄さんが父親《てておや》と喧嘩して家を飛び出してきちまったんだよ」

「あら、それは大変でしたね」

静の相槌に、ゆきがすかさず声を上げた。

「そうなんですよぅ。兄さんってばもう二十歳も超えてるってのに、いまさら漁師は嫌だってうちに来て大騒ぎして。ほんと恥ずかしいったら」

「こうやって分け前にあずかれるなら、また来てくれても構わないけどね」

しげが弾んだ声で混ぜ返す。

「兄さんってばうちに来てあたしにぐちぐち言うくせに、おとっつぁんにはなぁんにも言えないんですよぅ。もうっ情けないったらありゃしない」

腹に据えかねたようにゆきが喚く。静は苦笑いで昔を思い出した。幼い頃、父親と気まずくなると、よく清四郎が間に入ってくれたものだ。

「それは直に話をつけてもらうしかないですね。おゆきさんが間に入ってあげたらどうですか」

何気なく言うと、ゆきとしげがぴたりと動きを止め、食い入るように静を見つめた。何か変なことを言っただろうか、と静が内心うろたえていると、

「ほんとだ。おゆきちゃん、今度実家に帰って二人の話を聞いてやるといいよ」

つたが口を挟んだ。

「そうだそうだ。そうしなよ」

しげが加勢する。ゆきがはっと我に返り、笑みを浮かべた。

「ええ、そうします。お静先生、ありがとうございます」

「い、いえ。そんな大層なことは……」

二人の反応に戸惑う静に含み笑いを漏らしたつたが、ゆきの七輪を指差した。

「おゆきちゃんの兄さんもいいけどさ。今一等の問題は、おゆきちゃんがその秋刀魚をおいしく焼き上げるかどうかじゃないかい」

「ああっ、焦げちまうっ」

ゆきが顔色を変えて、皿を取りに部屋へ飛び込んだ。その慌て振りが何とも愛らしく、静は一瞬、悩みを忘れて笑みをこぼした。

目尻を下げたつたが静の背をぽんと叩いた。

「いい感じじゃないか」

振り返ると、つたはにやにやと笑っていた。

「わかってないんだろ、先生。あんた、初めて自分からあたし以外に話しかけたんだよ」

「え、そう……ですか」

「折り詰めもいいけどさ、そういう歩み寄りが大事なのさ」

ぽんぽんと背を叩いて、つたはゆきの秋刀魚を助けに行った。

「歩み寄り……」

口の中で繰り返し、静は白川屋の父子に思いを馳せた。下女の話は幸次郎のものとは真逆だ。どちらが真《まこと》なのだろう。幸次郎の虚しさの滲む笑みと下女の皺だらけの嬉しそうな笑みが目の前にちらつき、ふと思った。幸次郎の話は、本当だろうか。

静は眉間を寄せて口許に手を当てた。

幸次郎が嘘をついているというわけではなく、あの、どこかずれている幸次郎のことだ。父親の言動の意味を取り違えていることはないだろうか。

ついさっき、自分はゆきに何と言ったか。浮かんだ考えに、静は慌てて頭を振った。少し変わった条件をつけているとはいえ、三十日屋はただの町飛脚屋だ。出過ぎた真似はすべきではない。……けれど、三十日屋は依頼されたものを、依頼人の望む形で届けるのが仕事だ。

　下女の言う通りに白川屋の主人が一人息子のことを気にかけているのなら、幸次郎の思いのこもった原稿を、その戯作への思いを届けるべきは、版元の主人だけではない。

　――わたしは、この戯作で父に認められたいのです。

　臆する気持ちを奮い立たせ、静は焦げた秋刀魚の匂いを背に、急いで部屋に入った。そして、文を書く準備を始めた。

七

「このようなところにお呼び立てして申し訳ありません」

　華膳の座敷で静は幸次郎に頭を下げた。

　外は冷え込んでいるのだろう。幸次郎は首に巻いた高級そうな手ぬぐいを手際よく取って、腰を下ろした。今日は幸次郎が上座だ。

「いえ。こちらは初めてですが、このような店があるのですね」

　亀屋とはまったく趣が異なる狭い座敷は、幸次郎の目にどう映っているのだろう。

いささかの気後れを頭から追い出して座り直すと、幸次郎ははっと目を輝かせた。

「もしかして、もう見ていただけたのでしょうか」

静は穏やかに微笑んだ。

「それはまだですが、耕書堂のご主人、蔦屋重三郎様にお会いできる段取りが整いそうです。つきましてはその件で伺いたいことがあり、お呼び立てさせていただきました」

本当ですか、と幸次郎が声を上擦らせた。

「お話しのところ失礼します。お客様がお着きになりました」

障子の向こうから女将の声がして、幸次郎が不思議そうに首を傾げた。

「ありがとうございます。入っていただいてください」

障子がするすると開いた。現れた人影を見て、幸次郎はこれ以上ないほど目を見開いた。

「遅くなり申し訳ありません」

部屋に入ってきた恰幅のいい男は静に目を留め、会釈した。

「どうぞこちらへ」

奥を示すと、男は足音も静かに幸次郎の前を横切って腰を下ろした。

「日本橋通の呉服問屋、白川屋主人、藤治郎《とうじろう》と申します」

鬢《びん》に白いものが交じった男は深々と頭を下げ、ゆっくりと顔を上げた。年を経てもすっきりとした目鼻立ちは、幸次郎と似ている。穏やかな目つきは隙がなく、大店の主人としての威厳を感じさせた。そして、唇の右下に小さなほくろが一つ。幸次郎と同じ位置だった。

「三十日屋の静と申します。この度は不躾な文を差し上げ、失礼いたしました」

ぱくぱくと口を開閉させ、幸次郎が声にならない声を上げる。

「お呼びくださったこと、改めて御礼申し上げます」

藤治郎はもう一度丁寧に頭を下げた。

「お、お静様っ。ちょっとこちらに」

幸次郎が蒼白な顔で、静の手を摑むと廊下へ連れ出した。

「これはどういうことですか」

幸次郎の悲痛な声に、通りすがりの華膳の女中がぎょっとして二人を見たが、目を伏せて通り過ぎる。

「幸次郎様、少し声を落としていただけますか。お父様にも筒抜けですから」

静が囁くと、幸次郎は慌てふためいて廊下の突き当たりまで移動した。

「お静様、これは一体、どういうことですか。な、なぜ父が……」

声は抑えているが、動揺は隠しきれていない。

「ですから、耕書堂のご主人にお会いするのに伺いたいことがあると」

「それと父に何の関係が……いえ、そもそも、父は忙しい人です。どうやってこんな――」

白川屋は老舗の大店だ。幸次郎の父は、静のような何の伝手も後ろ盾もない裏店の住人が文を取り次いでもらえるような相手ではない。

「幸次郎様のお名前をお出ししました」

療養所に幸次郎の文を持ってきた丁稚を使って、文を届けてもらうよう頼んだ。若旦那と蔦屋が顔を合わせる場を設けようと考えているが、その前に話をさせていただきたい、と。白川屋主人が噂を耳にしていれば、それがどんな場なのか、予想がつくだろうと思った。

「ご依頼の内容についてはお話ししておりませんので」

言い添えると、ほっとしたように幸次郎は小さく息を吐いた。

静が幸次郎と本当に関わりがあるかについては、文を託した丁稚に確認してもらうよう書き添えたが、大店の主人が見知らぬ者からの文を相手にするかどうかは賭けだった。

だが、果たして藤治郎はこの場に来た。

「どうしてこんなことをされたんですか。父が来ると知っていれば、わたしは今日ここに」

「来なかったのですか」

言葉を遮られ、幸次郎は返事に詰まった。

「前回お話をお伺いし、版元を回らせていただきました。私は幸次郎様の決意は本物だと感じております。若旦那の立場や店を捨ててでも戯作者になりたいのだと。それならば、お父様ときちんとお話をされる必要があるのではないかと思ったのです」

「で、ですから、父に伝えるのは、いい返答をいただいてからだと、申し上げたはずです」

「もし、版元のご主人のご回答が駄目だったら、どうなさるんですか」

幸次郎の表情が明らかに強張った。

「諦めるのですか。私は、幸次郎様の戯作に対する思いを信じています」

静が繰り返し言うと、幸次郎は、何かを堪えるように唇を噛む。

「どのようになっても、諦めていただきたくはありません。そのためには、きちんとお話をなさるべきです。お父様がどう感じられるかは、その後ではありませんか」

「そんな、無理です……」

「お父様は、幸次郎様のことを気にかけておいでです。だから、私のような者からの誘いにも応じられたのですよ」

幸次郎は打ちしおれた目で静を見た。静は励ますように強く頷いた。

部屋の障子を開けると、藤治郎は先ほどと変わらぬ姿勢で座っていた。幸次郎の瞳が揺れる。幸次郎様、と静が小さく声を掛けると、幸次郎はごくりと喉を鳴らし、それから無言で足を進めた。父の前に座した幸次郎は、手をついて顔を俯《うつむ》けた。

「わたしは出来の悪い息子です。出来が悪い上に、このようなことを申し上げるのは大変心苦しいのですが……」

声を途切れさせた幸次郎は、意を決したように一気に吐き出した。

「わたしは戯作者になりたく思っています。お店も捨てる覚悟です」

藤治郎は小刻みに揺れる息子の肩を、静かな眼差しで見下ろした。

二人から少し距離を置いて腰を落ち着けた静は、緊張に息を凝らした。

外で木枯らしが吹き抜ける音が聞こえた。

不意に藤治郎が嘆息し、幸次郎、と固い声で呼びかけた。

「お前の所業が噂になっていることは知っている」

そろりと幸次郎が目を上げた。

「お前が店を継ぎたくないと言うのなら、構わない。次の主を番頭の中から選ぶだけだ」

冷淡な物言いに、部屋が静まり返った。幸次郎が震える声を絞り出した。

「わかりました。やはり、わたしは引き留めるほどの値打ちもない息子だったのですね」

聞く者の胸が痛くなるような、悲愴な響きだった。藤治郎は幸次郎を可愛く思っているのではなかったのか。思いもよらぬ展開に、静はうろたえた。

「幸次郎」

厳しい声が飛んだ。

「いつも言っているように、話を最後まできちんと聞きなさい」

幸次郎がびくりと体を揺らし、怯えた目を父親に向けた。

「私はお前を跡取りとして認めていないと言ったことなどない」

「そんなことはありません。わたしは出来が悪い息子で、つい今、店を継ぎたくないのなら構わないと仰ったではありませんか」

半ば自棄になり食ってかかる幸次郎を見つめ、藤治郎は大きく息を吐いた。

「よく聞きなさい。私はお前にやりたいことがあるのなら、それはそれで仕方ない、と言っているだけだ」

やや和らげられた眼差しには、やるせなさが滲んでいた。

「でも、いつもため息をつかれていて、最近ではそれすら……」

「大店は苦労も多い。以前のお前のように趣味の一つもなく家業だけに集中していては、将来潰れてしまうのが目に見えていた。お前が跡を継ぐことが、お前にとっていいことなのか思案していただけだ」

「でも……客の求めをわかっていないと、番頭にもよく呆れられ……」

「それは、いつもお前が客の話を最後まで聞かず、早合点するからだ。皆、お前に早く一人前になって欲しくて言っているにすぎん」

更に続けようとして、幸次郎は口を噤んだ。何か言い募ろうと言葉を探し、まさか、という面もちで呆然と呟いた。

「では、わたしは……跡取りとして、父上に認められていたと」

「当たり前だ。直すべきところが多くあるに違いないが、お前を跡取りにするか悩んだことはない」

幸次郎は父の顔を見つめ、それから意味を呑み込んだのか唇を嚙み締めた。揺れる幸次郎の瞳に浮かぶのは、もう憤りでも嘆きでもなかった。

正面から向き合う二人を前に、勇気を出して藤治郎に文を書いて良かったと、静は心から安堵した。

父を感極まった面もちで見つめていた幸次郎が、ふと何かに思い当たったように表情を改めた。やや後ろに下がり、再び静かに頭を下げた。

「やはり、わたしが至りませんでした。わたしも、もう幼い子どもではないのですから、恐れず、きちんと父上の話を聞けばよかったのです。この度は、お騒がせすることになってしまい、申し開きの言葉もありません」

藤治郎が瞠目する。幸次郎は父を見つめて続けた。

「わたしはずっと家業を継ぐことを考えてやって参りました。けれど、今は先ほど申した通りです。改めて、父上のお許しを受け、戯作者への道を歩ませていただきたく思います」

「……そうか」

寂しげに頷き、藤治郎は静へ向き直った。

「このように手のかかる息子ですが、どうぞよろしくお願いいたします」

我が子が自分の許を離れていくことを決心する姿は、どのように見えるものなのだろう。切なく、それでいて嬉しそうに藤治郎の口許は少しだけ緩んでいた。宗之助が何事もなく成長したら、どんな若者になっただろうか。詮無いことが頭を過ぎり、袖口でそっと目尻を拭って、静は頷いた。

「それでは、幸次郎様。耕書堂の主人、蔦屋重三郎様にお会いする段取りが整うことになりました。仲介していただく方も同席されますが、よろしいですか」

「どのような方なのでしょうか」

「町医者をなさっている方です。私が大変お世話になっている方で、耕書堂の上得意客でいらっしゃいます。しばらく顔を合わせていないので、この機会に一緒にお飲みになりたいそうです」

わかりました、と幸次郎は応えた。

「それと、その席には幸次郎様にもいらしていただこうと思います」

「しかし……わたしは出入禁止を言い渡されています」

「戯作に対するご意見は、幸次郎様が直に聞かれるのがよいのではないかと思いまして、勝手ではありますが、承諾を得ております。出版の可否をご自分の耳でお確かめになるお覚悟はおありですか」

幸次郎は考え込むように目を伏せ、武者震いのようにぶるりと身を震わせた。

「元々自分で版元を回っていたのですから、そうしていただけるのであれば、ありがたい限りです」

「では、場所や日時は後日お知らせいたします」

「一つ、こちらからもお願いがあるのですが」

「何でございましょうか」

静が訊ねると、幸次郎は父に膝を向けた。

「是非、父上にもご同席いただきたく思います」

藤治郎は目を細め、わかった、と応じた。

「その旨、承知いたしました」

「よろしければ、わたしに亀屋の座敷を手配させていただきたく存じます。もちろん、掛かりはこちらでもたせていただきますので」

「此度は人数も多くなりますが」

「蔦屋重三郎様がいらっしゃるのなら、安いものです」

話はまとまった。

静が障子を開けて階下へ声を掛けると、すぐに料理が運ばれてきた。

いつも食べ付けるものとは違うだろうが、白川屋の父子は華膳の料理を味がいいと言い合いながら堪能し、帰途に就いた。

八

それは、白川屋父子と華膳で話をしてから十日ほど経った、師走初旬の、しんしんと雪が降る寒い日だった。

燃料をふんだんに用いた火鉢がいくつも置かれた亀屋の座敷は、外の寒さとは無縁のように暖められていた。客の顔ぶれのせいか、高級料亭亀屋の女将自ら、膳を持った女中を引き連れて挨拶に訪れた。

「お付きの方々には隣のお部屋でおくつろぎいただけるよう手配しております。それでは、当店の料理をごゆっくりお楽しみください」

艶やかな着物を身につけた女中が支度を終えると、手をついて丁寧に礼を述べ、にこやかな笑みとともに女将は障子の向こうに姿を消した。

あれが女将の立ち振る舞いかと、無駄のない動きに静が見とれていると、うほん、と源左衛門の咳払いが聞こえた。顔を向けると、源左衛門はお手並み拝見とばかりに静に視線を送っていた。

部屋を手配したのは幸次郎だが、場を設けたのは紛れもなく静だ。名の知れた人物ばかりで気は引けたが、仕方なく静は口火を切った。

「本日は、お集まりいただきありがとうございます」

今回は菊の間という、前回よりも更に広い座敷で、そこに、蔦屋重三郎、源左衛門、藤治郎、幸次郎、そして静が一堂に会していた。

控えの間には、耕書堂の手代と、源左衛門と藤治郎、幸次郎の付き人がそれぞれ一人ずつ、そこに今回は清四郎もいる。

「蔦屋重三郎様にはお初にお目にかかります。浅草寺にほど近い田原町で三十日屋という小さな町飛脚屋を営んでおります、静と申します。この度は、源左衛門先生を通じてご足労くださり、誠にありがとうございます」

静が名乗ると、続いて耕書堂の主人が引き継いだ。

「ご丁寧にありがとうございます。耕書堂主人、二代目蔦屋重三郎と申します。先日、うちの店にいらしていただいたとか。此度は久しぶりに源左衛門先生にお会いできて大変嬉しく思っております」

穏やかに微笑む蔦屋重三郎は、静が想像していたよりも気さくで若々しい。年齢は藤治郎の少し下くらいだろうか。老け込む様子は微塵も感じられず、目尻の皺には、若い者にも劣らぬ活力が表れていた。

「こちらが、白川屋のご主人、藤治郎様です」

「日本橋通の呉服問屋、白川屋主人、藤治郎と申します。この度は、息子のためにこのような場を設けてくださり、感謝申し上げます」

即座に重三郎が藤治郎に向かって口を開いた。

「お初にお目にかかります。どうぞお見知りおきを」

「こちらこそ。どうぞ、これを機に、白川屋もご贔屓に」

「わしは、町医者の源左衛門と申す」

「源左衛門先生のお噂はかねがね。お目にかかれて光栄です」

藤治郎が丁寧に頭を下げると、源左衛門は笑った。

「わしの噂となな。それはろくなものじゃなかろうのう」

錚々《そうそう》たる面子の中で身を縮こまらせていた幸次郎が、白鬚の老人をまじまじと見遣った。この人物は何者だ、と顔に書いてある。

「先生、この度はありがとうございます」

「なんのなんの。わしも久しぶりに蔦屋の二代目に会えて嬉しいわい。そこの若いのは、なかなかに緊張しているようだがの」

笑みを含んだ目を向けられ、幸次郎が身を硬くした。

「こちらが白川屋の若旦那、幸次郎様です」

静が紹介すると、幸次郎はぎこちない動きでずりずりと後ろに下がった。ごくりと喉を鳴らすと、大袈裟な身振りでがばりと平伏した。

「わ、わ、わたくし、白川屋の幸次郎と申します。こ、この度は蔦屋重三郎様にお目にかかることができ、大変、こう……光栄です。これまで、色々と店先で失礼をしてしまいましたこと、平にお許しください」

重三郎は目尻の皺を深くし、度量の大きさを感じさせる声で語りかけた。

「お若い方が熱心なのは感心なことです。今後、店先に長く居座らないでいただければ」

幸次郎が目を見開いて頭を上げた。重三郎は鷹揚に首を縦に振った。

「それができるのでしたら、是非また耕書堂をご贔屓に」

「あ、あ、ありがとうございます」

幸次郎は再び両手をついて深々と頭を下げた。源左衛門と重三郎は顔を見合わせ、お互いに忍び笑いを漏らした。幸次郎のこれまでの振る舞いは不問になったようだ。

「山青堂さんや平林堂さんには、きちんとお詫びの文をしたためてお送りするのがいいと思いますよ」

重三郎の助言に、幸次郎は、わかりました、と殊勝な面もちで答えた。次いで、幸次郎は源左衛門へ膝を向け、丁寧に頭を下げた。

「お初にお目にかかります。白川屋の幸次郎と申します。この度は大変お世話になりました」

「硬くならずともよい。わしはこの場を楽しませてもらいに来ただけじゃ」

白川屋の父と子が同席すると静に知らされ、源左衛門がそれは面白そうじゃと膝を打ったことを幸次郎は知るよしもない。

一通りの顔合わせが終了し、静が、ではまずお酒など、と立とうとすると源左衛門が手で制した。

「酌などいらん。勝手に楽しむわ。のう、蔦屋」

「もちろんです」

二人はそれぞれ準備された酒に手を付け、盃を合わせた。

「白川屋さんも」

「では、いただきます」

もう一人加わり、三人はそれぞれに酒を飲み始めた。

「幸次郎様もいかがですか」

静が訊ねると、幸次郎は首を横に振り、場の真ん中に進んだ。

「早速、本題に入らせていただいても、よろしいでしょうか」

三人の手が止まった。幸次郎は静を見た。静は一つ頷いて、預かっていた包みを幸次郎に差し出した。どうか、これが蔦屋様の目に適いますように、と願いながら。

幸次郎は包みを開き、中身をじっと見つめた後、立ち上がった。静かに父の背後を通り過ぎ、幸次郎は重三郎の側に座り直す。

「蔦屋様、これはわたしが三月をかけて書いた戯作です。初めてで、拙《つたな》い部分もあるかとは思いますが、是非、耕書堂で出版していただきたいと思っております。どうか、ご意見をお願いいたします」

幸次郎が原稿を差し出した。

「初めて書いたものだからと手加減はいたしませんが、よろしいでしょうか」

重三郎は盃を膳に置いた。直前まで源左衛門と和やかに酒を酌み交わしていたのが嘘のように、目つきは鋭かった。

「よろしくお願いいたします」

「では、失礼」

重三郎は原稿を受け取った。足を崩して、膝の上に紙の束を置き、めくり始める。

幸次郎は息が止まったような顔つきで、重三郎の指の動きを食い入るように凝視した。藤治郎も幸次郎に負けず張り詰めた面もちでいる。

静はじっとその様子を見つめた。気が気ではないが、黙って控えているしかない。

源左衛門だけが一人のんきな顔で、手酌酒を楽しんでいる。

紙を手早くめくる音だけが部屋の中に響き、ほどなく、重三郎は顔を上げた。

「なるほど。では、源左衛門先生、どうぞ」

納得したように一言呟いて、紙の束を源左衛門へ手渡す。

幸次郎が弾かれたように重三郎と源左衛門を見比べた。

「では、わしも読ませてもらうか」

源左衛門が紙の束を手にする。幸次郎は泣き出す寸前の子どものように顔を歪め、静を見た。静もわけがわからず、困惑混じりに小さく首を横に振った。

重三郎は三寸もある紙の束を次から次へとめくった。受け取ってから源左衛門に渡すまで、あっという間だった。内容が余りに酷く、途中で読むことをやめたのだろうかと勘繰ってしまうほどの速さだ。

源左衛門も、重三郎に劣らぬ手早さで紙をめくっていく。

「拝見いたしました」

しばらくして、源左衛門も目を上げた。重三郎が源左衛門に徳利を向けた。

「では、一杯」

「おお。すまんの」

盃を受ける源左衛門の表情から、作品への評価は読み取れない。静が戸惑っていると、源左衛門が喉を潤す様を確認した重三郎が徐《おもむろ》に幸次郎へ目を戻した。

「それでは、お伝えしてもよろしいでしょうか」

幸次郎がはっと背筋を伸ばし、重三郎を真っ直ぐに見つめ返して頷く。

柔らかく微笑み、重三郎は告げた。

「御作の出版は無理です」

静は息を呑み、藤治郎が厳しい顔で唇を引き結んだ。

幸次郎は呆然とした後、上擦った声を発した。

「で、でも、これを読んで出版してもいいと仰った版元もありました」

静ははっとして、慌てて何かを言おうと腰を浮かす。だが、静より早く、落ち着いた声が差し挟まれた。

「それは、お前がうちの跡継ぎだからだ」

幸次郎が声の主を振り向いた。

「お前が書いた本となれば、私が買うだろうと算段をつけたのか、それともうちと付き合いのある店の主人が買ってくれると踏んだのか。何にしろ、それは作品の出来云々ではなく、お前の持つ白川屋の名のせいだ」

幸次郎は何か言いかけ、父の発言の意味を悟ったのだろう。打ちのめされた表情で項垂れた。込み上げる思いを堪えきれなかったのか、拳を強く畳に叩きつける。

幸次郎の側へ寄ろうとした静を、源左衛門が制した。

ゆっくりと顔を上げた幸次郎は、眦《まなじり》を決して重三郎ににじり寄った。

「書き直す必要があれば、いくらでも直します」

気迫の滲んだ声だった。

「正直に申し上げて、これを優れた戯作とは言えません。そもそも完結していませんし、『椿説弓張月』に似すぎています」

一刀両断にされ、幸次郎の肩から力が抜けた。

「戯作こそは、と思ったのに、やはり、わたしは何をやっても駄目なのですね……」

「幸次郎」

厳しい声に、幸次郎ははっと父を見た。父に見据えられ、幸次郎は何かを思い出したように、表情を落ち着けた。

「失礼しました。最後まで、きちんとお聞かせください」

苦しさを抑えて自分を真っ直ぐに見つめる若者に、重三郎は硬い表情を解くと穏やかに言った。

「私は、この作品での出版は無理だ、とお伝えしただけです。出版は無理ですが、これが初めてで、三月で書いたというのなら、そこは褒めていいと思います」

「それはどういう……」

「これを出版することはできませんが、次、もしくはその次、となると、わかりません」

「それは、今後、出版できる見込みも、ある……と」

呟く幸次郎の双眸に光が過ぎる。見込みなら、と重三郎はにこやかに頷いた。

「お教えください。どうやったらわたしは戯作者になれますか。これが駄目なことはわかりました。でも、諦められません」

食い下がる幸次郎の姿に、静の目頭は熱くなった。

「若旦那が本気で戯作者になろうとお考えなら、お店を継ぐことをお勧めいたします」

　父と子は揃って目を丸くした。

「戯作者は、戯作だけで食べてはいけません。山東京伝先生や曲亭馬琴先生でさえ、他に仕事を持たれています」

　幸次郎が、まさか、と呟いた。重三郎は自嘲気味に笑い、戯作者の現状を語った。

「それほどまでに戯作だけで食べていくのは容易ではないのです。戯作者になりたいのでしたら、戯作を書きながらどうやって食べていくかを考える必要があります。ですので、店を継がれた方がいいでしょう」

「しかし……店の主人をしながら、戯作者になれるものでしょうか」

「それは、やるかどうかだけでございます」

　顔を曇らせる幸次郎を励ますように、重三郎は続けた。

「私は若旦那の根性を買っております。戯作にかぶれた者は頻繁に店にやってきますし、有名な戯作者の先生方の許へも押しかけますが、ほとんど、ろくに書いたこともない者ばかりです」

「では、三月で戯作を書いて、版元を片っ端から回る人なんて――」

　静が口を挟むと、重三郎は小さく笑んだ。

「やり方に問題はありますが、こんな方は見たことがありません」

「まして、出禁になったからと隠れ町飛脚屋なんかに頼ろうとする奴なぞ、どこにもおらんじゃろうな」

　源左衛門が呵々と笑いながら混ぜ返した。

「若旦那を大店の名を笠に着た根性なしの志望者だと思った、私の見る目もまだまだです」

　重三郎はぺしっと額を打った。それから、並ぶ幸次郎と藤治郎を見た。

「私としては、戯作について研鑽を積みながら、家業に励まれるのが最も確かな道かと思います。白川屋さんは大店ですから、そこで見聞きしたことや商いのことが話の種になることもあるでしょう。幸い、若旦那はまだお若いですから」

　重三郎の言葉が進むにつれ、幸次郎の頰に赤みが差した。感激の面もちで、息子は父に向き直った。

「何度も申し訳ありません。家業の傍ら、戯作者を目指す道をお許しいただけますか。この先、私に店を継がせられないと思われたら、跡取りから外していただいて構いません。でも、どちらも励みます」

「容易《たやす》くはないぞ」

「わかっております」

「それならば、言うまでもない」

　万感がこもった声に、静は潤んだ目を細めた。

「わしは狂歌の会でも紹介しようかの」

源左衛門の言葉に、是非お願いします、と幸次郎が飛びついた。

「若者をいびるのを楽しみにしておる老人がたくさんおるからのう」

源左衛門の哄笑に寒気を感じ、静はこっそり首を竦めた。どうやら、幸次郎はとても怖い会に連れていかれることになりそうだ。

「ありがとうございます」

何も知らず浮かれた声に、その場は明るい笑い声に包まれた。

九

清四郎との帰路、静は大分暗くなった空を見上げた。いつの間にか雪は止んでいた。はあっと大きく息を吐くと、白く広がった。

「幸次郎様、意外と素質があるのかしらね」

静の声は、重い冬の空とは裏腹に明るく響いた。

今後はわからない、と言った重三郎が買っているのは幸次郎の根性だけで、戯作者への道は遠いのではないかと静はひそかに危ぶんだのだが、そうでもなかったらしい。

幸次郎が父と部屋を去ろうとしたところ、源左衛門が思いついたように幸次郎へ訊ねた。

――そなた、勉学はどこで。

――寺子屋のあとは、父が選んでくれた先生の下《もと》で学んでおります。

――師の名は何という。

――小島実竹《こじまさねちく》先生と仰います。

怪訝そうに答える幸次郎に、源左衛門が、してやられた、と声を上げた。それから重三郎と二人で何やら頷き合っていたのだが、幸次郎が去った後、静に教えてくれた。

本人は素養がまったくないと言う割りに、幸次郎が書いた戯作はそれなりに読めるもので、重三郎と源左衛門は揃って驚いたというのだ。

――彼奴《あやつ》の師はな、唐衣橘洲《からごろもきつしゅう》という有名な狂歌師の弟子よ。

――当人に自覚はないまま、肝要な知識は備わっていた、ということですね。

――聞くところによると、小島は大の戯作嫌いだそうじゃ。それゆえ、戯作にだけは触れずにきたのかもしれんのう……。

幸次郎の戯作が悪くなかった理由がわかり、二人は納得した様子だった。

それでも出版はできないというのだから、戯作とは奥深いものだ。

「後金はお受け取りになりましたか」

清四郎のいつもの冷静な口調に、静は意識を引き戻された。

「ええ、もちろん」

話は少し戻り、幸次郎が帰る間際のことだ。

談笑する狸《たぬき》三人を横目に、幸次郎は静を部屋の隅に手招いた。

――立ったままで申し訳ありませんが。

幸次郎は体の陰で包みを静に渡した。

――この度は、色々とありがとうございました。

幸次郎は頭を下げ、感極まったように言葉に詰まった。そして、ただ眩しいばかりの笑みを浮かべた。

幸次郎がこの先戯作者としてどうなろうと、父と子の思いが詰まった老舗の大店は、長く続いていくだろう。

「白川屋様はまだしばらく、ご隠居は無理そうね」

静が冷たい風に目を細めながら言うと、清四郎は黙って頷いた。

ちら、と二人の上に粉雪が空から降りてきた。

第三話

桜と幽霊

一

うららかな青空の下、強い風が吹き抜けた。春風だ。冬の凍える寒さを通り過ぎ、日ごとに暖かさを増す日射しが注いでいる。

「いい天気になってよかったねえ」

皆を率いるつたの声が、朗らかに土手に響いた。

「ほんとほんと。まだちょっと早いけど、こうやって皆で花見に行けるとはねえ」

しげが意味ありげに、最後尾をゆっくりと進む静をちらりと振り返った。先頭のつたの周りには、威勢のいい女房連中がつどっている。

ぞろぞろと歩く二十人ほどの一行は、静の住む裏長屋、弥田衛門店の店子たちだ。普段、なかなかこの時間に顔を合わせることのない男衆は、後ろ側に固まっている。誰もが浮かれた足取りだった。

「晴れてよかったね、あんた」

行列のちょうど中ほどで、ゆきが亭主の直助《なおすけ》を見て嬉しげに言った。丸顔の直助は、ゆきよりいくつか年上で野菜売りの棒手振だ。

「こうやっておゆきと花見なんて、夢みてぇだな」

頬を緩ませる亭主に、ゆきはそっと寄り添った。

「そろそろ赤子《やゃこ》も、あるんじゃねえか」

他の住人がにやにやと目を細めて、若夫婦に声を飛ばす。

二人の頰が揃って赤くなった。皆の笑い声が辺りの賑やかさに輪をかける。

静は重箱の包みを抱え直し、その光景を後ろから見つめ、小さく微笑んだ。

長屋へ越して、半年が過ぎた。

今日は、長屋の住人総出で隅田川堤での花見だ。

隅田川堤は、毎年多くの人が押し寄せる桜の名所の一つだ。ここでの花見が長屋の恒例行事だと知ったのは、数日前のこと。満開には少し早いけどそろそろだろうとつたが長屋中に触れ回り、今日の日程が組まれたのだった。

――お静先生も来るよね。これは店子の恒例行事だからね。

有無を言わさぬ笑顔に、静に断る余地などなかった。

やってきた土手の桜はまだ五分咲きを過ぎた頃だったが、薄く色づいた花に静の心も明るくなる。それは他の皆も同じようだ。

楽しげに会話を楽しむ面々を見ながら堤を歩くと、ほどなく目的地へと着いた。

「ほらほら。あそこに、与兵衛《よへえ》さんが場所をとってくれてるよ」

土手にさしかかると、見知った人影を見つけ、つたが手を上げた。与兵衛は櫛職人で、弟子の久助《きゅうすけ》とともに長屋の一番奥に住んでいる。早朝から長屋の花見のために場所を押さえておいてくれたのだ。

場所取りを始め、料理や酒など必要なものはすべて、つたの仕切りで店子にあてがわれていた。支度はすぐに調《ととの》い、花を見たり見なかったりしながら、それぞれに花見を楽しんだ。静はつたの横に座らされ、女房連中の愚痴や噂話などに頷く役回りだ。もう静を遠巻きにする者は誰もいない。

昨年は桜を見ることなど考えもしなかった。たった一年でとても遠くまで来てしまったような気がして、静は堤の桜を見上げた。最近は、あの夢さえも間遠だ。

三十日屋の商いも、若旦那の依頼の後、割合に容易なものが二つほど続いてしばらく音沙汰がない。

皆でひとしきり料理を楽しんでから、静は自分に割り振られた重箱を出した。食後の菓子だ。蓋が開けられると歓声が上がった。つたが満足げに大きく頷く。

「花見にぴったりだね」

「長命寺の、というわけではないですが……やはりこれかな、と思って。芸がなくて申し訳ないですが、桜餅です」

「何を言ってんだい。定番が一番だよ」

つたにばんと勢いよく背を叩かれ、姿勢を崩した静の耳に、聞き覚えのある声が飛び込んできた。

「あら、お静さん」

咳き込みつつ振り向くと、堤の上に佐枝がいた。

「お佐枝さんもお花見ですか」

姿勢を正して明るい声を出すと、つたが、これは誰だいという目で静と佐枝を見比べた。佐枝はすぐに近づいてきた。

「ちょっと余裕があったから、急遽、皆を連れてきたのよ。花見といってもうちは見るだけで、こんな美味しそうな料理も何もないのだけれど」

静たちの集まりを見て佐枝がからりと笑う。小吉が佐枝の背後から顔を覗かせ、ぺこりと頭を下げた。しかめっ面のつたは、見覚えのある相手に、ああ、と表情を緩め、静の脇を肘でつついた。

「ねえ、先生、誰だい」

「あ、こちらは、松原診療所を取り仕切っているお佐枝さんです」

静が紹介すると、つたは目を丸くした。

「あれまあ。あの、どんな貧乏人でも診てくれるってとこかい」

「そんなに言うほどたいしたところでもないですよ」

佐枝が手を振って明るく笑い飛ばす。

「お佐枝さんは、そこの先生のお嬢さんなんです」

「お嬢さんなんて歳でもないけど、ねえ」

佐枝が振り返ると、堤に残る患者や弟子医者、小吉などの使用人がどっと沸いた。

「先生は、なんでそんなところの人と知り合いなんだい」

つたが小首を傾げた。

「長屋に来る前、しばらくお世話になっていたので」

何気なく答えると、興味津々と耳を凝らしていた長屋の皆が固まった。静は慌てて付け加える。

「お佐枝さんを始め、先生方のお陰で、こうして長屋に一人住まいできるまで元気になりましたから」

「これといったことは何もしてないけどね」

佐枝が笑いながら、静に目配せした。それに気づいたつたが口を開いた。

「先生は長屋に越してきてから風邪の一つも引かないほどだから、皆、驚いちまったね。さあ、先生の持ってきた桜餅をいただこうじゃないか」

つたは声を張り上げ、蓋を開けたままになっていた重箱を輪の中に押し出した。

静に向けられた皆の意識が桜餅へ移る。

「新しいお客様について話があるから、近いうちに来てもらえる」

佐枝に耳打ちされ、静は佐枝を見上げた。

「わかりました。どういう方ですか」

「うちの患者さんのおかみさんでね。お代は今までとは違ってちょいと厳しそうなんだけど……」

「お代なんて気にしません。明日伺います」

佐枝は頷くと、診療所の皆を引き連れて颯爽と去っていった。

翌日、静の目の前で頭を下げたのは、疲れた顔をした三十代半ばの女だった。色褪せた着物は随分と袖先などが擦り切れている。ほつれた前髪が一筋、額に垂れ、隈《くま》が目立つ。しかし、目はしっかりと静を見つめていた。

「お佐枝さんに聞きました。曰くつきの文を届けてくれる町飛脚屋さんだって。どうか、これを息子にお願いします。返事をもらってきてください」

さとと名乗った女は、せかせかと言った。

佐枝は茶を出すと、すぐに席を外した。客と静を二人にするためもあるだろうが、静がここに着いた時に騒がしい様子が伝わってきたので、重病人でも担ぎ込まれたのかもしれない。

「わかりました。お聞きだと思いますが、確認させていただきます。文をお預かりするには、条件が二つございます。一つは普通の飛脚屋では請け負えない『曰くつき』のものであること。もう一つは、お代をお客様に決めていただくことです」

さとは一言も聞き漏らさぬよう静の言葉に耳を傾けた。

「見合うと思われる額なら、いくらでも構いません。ただし、無代ではお受けしておりません。半分を前金で、残りは届け終わった後、納得していただけた場合にお支払いをお願いしております。よろしいですか」

さとは大きく頷いた。

「では、事情をお聞かせください」

「うちには大工をしている同い年の亭主との間に、五人の子がおります。十七の長女は女中奉公、十五の長男は知り合いの棟梁の下で見習いを、十二の次男は昨年から住み込みの下働きに出ていて、その下に、七つと五つの娘です」

静は目を丸くした。元気な子をたくさん産むのは、良い女房の一番の条件とされている。二年経っても子ができなければ離縁の理由になると言われていることを考えれば、五人もの子に恵まれたさとはかなりの「良い女房」だ。

子宝に恵まれても、無事に育つとは限らない。七歳までは神のうち、という言葉があるくらい、幼くして死んでしまうことも少なくない。

子を授かるにも時間がかかった静からすれば、さとの子が皆、元気に育っていることは奇蹟のようだ。疲れた顔さえも、五人もの子を育てる母のものと思えば目映く見える。

「へえ、お恥ずかしい限りですが、ありがたいことに、皆、元気に生まれついてくれて」

さとは頰をかき、すぐに居住まいを正した。

「届けて欲しいのは、次男の三吉《さんきち》への文でございます。実は、うちの亭主が先月、大工仕事の最中に大怪我を負いまして。事故が起きてすぐ、これはいけないと言われ、奉公に出ている子どもたちに戻ってくるよう慌てて文をやったんです」

「それで、ご亭主は」

「一時は命も危ないと言われましたが、何とか持ち直し、今は少しずつ動けるようになっております。本当に、先生方やお佐枝さんには感謝してもしきれません」

静が胸を撫で下ろすと、さとは目を和らげた。

「ただ、長女と長男は飛んで帰ってきたんですが、次男が帰ってこず……。仲立ちを頼んだ口入れ屋に訊ねると、文の受け取りを拒否されたと」

「父親が危ないという知らせを、つないでもらえなかったんですか」

反問に不審が滲む。さとは力なく苦笑した。

「何でも、そこまで伝えられなかったとかで。そん時はこっちも幼い娘を二人抱えて看病をしてたもんで、それ以上気にする余裕もなく。幸い、すぐに峠を越え、長男長女も奉公先に戻りました。人騒がせな馬鹿亭主が回復し、おかゆも口にできるようになってきましたら、途端に次男が心配になっちまいまして。改めて知らせをやろうとしたのですが、持ち直したならもういいだろうと口入れ屋にあしらわれてしまい……」

静は項垂れるさとへ寄り添った。この一月、様々な心労に翻弄された疲れた背中へ手を添えると、その体がやつれているのが着物越しにもわかった。張り詰めていた気が緩んだのか、さとはひとりごとのように続けた。

「親が死ぬかもしれないって文も取り次いでもらえないのは、尋常じゃねぇ。まさか、あの子に何かあったんじゃないかと、なけなしの銭を持っていくつか町飛脚に当たってみたものの……先方に文を受け取ってもらえなかったと、突っ返されちまって……」

「どうして、またそんなことに」

「何でも、奉公先が店を閉めていて、対応する女中は取り付く島もなく、話も聞いてもらえないそうで。あの子が辛い目にでも遭ってやしないかと気を揉んでおりましたら、話を知ったお佐枝さんが三十日屋さんを教えてくださって。これはもう、お頼みするしかないと」

「文を受け取ってもらえない原因に心当たりは」

さとは強く首を左右に振った。

「奉公先は、小さいながら落ち着いた店だと聞いてましたし、あの子を連れていった時にお会いしたご主人も、おっとりとした優しげな方で……」

俯いたさとは、自嘲するようにこぼした。

「本当はあたしが出向いてやりたいところですが、奉公に上がる時の、あちらにすべてお任せするって証文もあるし、娘や亭主の世話もあるし、少ない貯えも底を尽きかけ、あちこち手伝いに出て小銭をもらって食いつなぐのに精一杯で」

静は、心苦しさを感じながら訊ねた。
「お代はどうなさいますか」
「本当に、あたしが決めていいんですかい」
申し訳なさを湛えた目に見つめられ、静は強く頷いてみせた。意を決したように
さとは懐を探った。何かを手に取り、畳に手をついた。
「今のうちには余裕がなくて……これでどうにか」
あかぎれの痕が残る指先が包みを開くと、やや古さを感じさせる一組の櫛と笄《こうがい》が
現れた。櫛の中央には、一箇所だけだが螺鈿《らでん》の細工もある。高価なものではないが、
長く大事にされてきたことがわかる品だった。
「おっかさんの形見です。お代になりそうなもんは、このくらいしか」
さとが身を縮めた。いくら大工が他の職より稼ぎがいいといっても、大黒柱が一
月も寝付いていれば、余裕があるはずもない。きっとこの間に困ったこともあった
だろうが、それでも手をつけずに来たのだろう。
静は櫛と笄をじっと見つめた。母から受け継いで大事にしてきたものを、さとは
我が子のために手放そうとしている。
「後金は……難しいので、これですべてです。一体何が起こっているのか、あの子
が元気にやっているのか、それだけでもわかれば……。お願いします」
「わかりました。文をお出しください。承らせていただきます」

静は深く頭を下げ返し、お代を丁重に受け取った。

二

その日の夕方、静は一度長屋に帰り、つたに夕餉を断って華膳へと向かった。

さとの依頼を受けることを決めてすぐ、小吉に清四郎への使いを頼んだのだった。

暖簾をくぐると、見慣れた女中が口の端に笑みを浮かべた。

「いらっしゃいませ。今日はもうおいでよ」

清四郎はいつものように後からやってくるだろうと思っていた静は、軽く驚いた。

女中にいつもの階段へ案内され、静は慣れた足取りで二階へ向かった。

「いらっしゃいましたか」

部屋に入ると、清四郎が顔を上げた。

静が腰を落ち着けるのを見計らったように、料理が運ばれてくる。

「では、ごゆっくり」

膳を並べると、女中は部屋を去った。

軽く料理に手をつけ、一息ついたところで、静は切り出した。

「大工のおかみさんから、住み込み奉公に出ている子どもへの文を預かったわ」

経緯を説明すると、清四郎は開口一番、言った。

「お代は」

静は苦虫を噛み潰したように顔をしかめ、清四郎だから仕方ないと一つ嘆息し、素っ気なく答える。

「お母様の形見の櫛と笄をいただいたわ。高価なものではないけれど、大事にされてきたのがよくわかる一揃えよ」

清四郎は静の態度を気にかける様子もなく、少し考えてから口を開いた。

「お静様がよいと判断なさったのなら、よろしいかと。それで、その文を届ける先は、どこですか」

「横川の近くにある、吉田町の山藤《やまふじ》という小間物屋だそうよ」

静ははまぐりの吸い物に口を付けた。はまぐりは桜と並ぶ春の風物詩だ。吸い物は、貝の旨みが存分に出ているのに、後口がすっきりとしている。

「本所ですか。それほど目立つ小間物屋でもなかったと思うので、此度はお静様お一人でも大丈夫でしょう」

清四郎はまるで江戸の生き字引だ。本人にとっては、飛脚問屋の手代頭なのだから当然だ、の一言だろうが、あちこちに通じているわけでない静にとってはありがたい。

「下男である子どもに文を渡して返事をもらってくればいいのよ。多少気難しいご主人なのかもしれないけど、大丈夫よ」

清四郎は思案するように顎に手を当てた。

「強いて言えば、町飛脚でも取り次げなかったという点が気になりますが」

「余程やる気がない人に当たったんじゃないかしら。細かな事情まで聞いてくれなかったと仰っていたし」

「では、もし何かあればお絹様にご相談ください」

静は眉間に皺を寄せて、声を尖らせた。

「どうしてお絹なの。三十日屋のこと、お店には内緒って言ってあるでしょう」

「私は所用で上方に行くことになりました。一月ほど戻りません」

寝耳に水だった。

「その準備もあり、今日は少し早めに店を上がらせていただいたのです。出発は明後日です。用が済み次第すぐに戻りますが、それなりに時がかかりますので」

「……走り飛脚に戻るの」

早くやってきたのはそのせいだったのだ。頭の隅で納得しつつも、呆然と訊ねた。最初の取り決めが頭を過ぎる。もしも清四郎が前のように頻繁に江戸を離れることになったら、三十日屋はどうなるのだろう。

「違います。ただの旦那様の使いです」

そう、とつれなく呟きながら、静は内心で安堵した。

「此度の件がご心配でしたら、出立の日取りを延ばせるか旦那様に確認しますが」

はっと我に返り、清四郎を睨む。

「まさか。そんな必要ないわ。せいぜい気をつけて行ってきて」

「くれぐれも、何かありましたらお絹様にお話しくださいますよう」

念を押され、大丈夫よ、と素っ気なく返した。

「左様《さよう》ですか」

「清四郎がいなくたって、何の問題もないわ」

冷めた目で見られ、静はむっと口を閉じた。清四郎が帰ってきたら、一人でも仕事をやり遂げられることを見せつけてやろう。そう心に決めて、静は少し開けられた窓の障子の外を見た。

清四郎は小さく息を吐くと、料理に手をつけた。

「そういえば、幸次郎様から文が来たわ」

「……あの、若旦那ですか」

清四郎が眉を動かした。

「無事に跡取りのお披露目も終わり、来月から上方の呉服問屋へ修業に行くそうよ。上方の芝居や浄瑠璃なども学んでくるつもりで、とても楽しみだと書いてあったわ」

「そうですか。先日、日本橋の方へ足を向けることがあったのですが、若旦那の奇行話はなりをひそめ、人が変わったように跡取りとしての度胸がついたという噂に転じておりました」

「人の噂も何とやら……ね」

きっと上方での修業も意義あるものになるだろう。静が目許を和らげると、清四郎が思い出したようにふと口を開いた。

「その、人の噂ですが。店を閉めている山藤という小間物屋、評判は悪くなかったはずですが、最近、幽霊が出るとか……勘違いかもしれませんが」

顔を青ざめさせた静に、清四郎は言葉を濁しつつ繰り返した。

「何かありましたら、お絹様や旦那様にお話しください。いいですね」

「だ、大丈夫って言ってるでしょう。どうせ季節外れの噂か、清四郎の勘違いよ」

美味しいはずの料理を気もそぞろに腹に収め、静は清四郎とともに店を出た。二人で静の長屋近くまで歩き、別れ際に清四郎は言った。

「帰ってきたら連絡を入れますので。くれぐれもお気をつけて」

春らしい強い風が吹き抜けた。去っていく清四郎の後ろ姿を見送りながら、静は思いがけない風の冷たさに心細さを覚えて身を縮めた。

三

「あそこ……かしら」

目的の店と思われる小間物屋の掛け看板を遠目に、静は呟いた。

通りは途切れることなく人が行き交っていて、小間物屋の左右に並ぶ店には客がちらほらと見える。しかし、当の小間物屋は、軒の上の掛け看板こそそのままだが、軒暖簾もなく、揚戸《あげど》が下ろされていた。

店の前を誰もが避けるようにして通り過ぎる。小間物屋と隣の店との間の細い路地へ続く戸は開いていたが、そちらを通る人影もない。

何も知らずに小間物屋を訪れた客を装って、閉じた店先に近づいた。こぢんまりとした小間物屋だ。ぴっちりと閉ざされた揚戸を上下に見ると、軒に貼り紙の札《ふだ》がたくさん並んでいることに気づいた。

「疱瘡《ほうそう》御守札」や悪霊のような絵に「盗難除」と書かれたもの、どれも疫病や災難を避けるための厄除けだ。他にも遠方の神社への代参札があれこれ連なっていて、静は思わず目を凝らした。

このような札は、確かによく見る。代参の札も、家主や奉公先の主人などが遠くの神社に参拝した場合に、店子や奉公人に配ったりする。札をもらうと、そこに住む者も参拝したことになる仕組みだ。大抵どこの軒にも貼られていて、数はせいぜい一つか二つなのだが、ここは驚くほど多い。

「山藤さんは休みだよ」

隣の味噌屋から顔を出した中年の女が、静に声を掛けた。

「知り合いに勧められたのを思い出してやってきたんですが……いつからお休みな

んですか」

　隣のおかみらしき女は、大仰なため息をついた。

「店が閉まったのは、一月半ほど前かねえ。ご主人の繊細な目利きがいいってそこそこ評判だったってのにね。しんと静まり返ってさ。店が開く気配もないし、辛気くさいからか、こっちの客も減っちまって困ってるんだよ」

「どうしてお店を閉められたんでしょうか」

「さあね。隣はちょいと年食った気の優しいご主人が五、六年前から始めてね。そのあと年の離れた若いおかみさんをもらって、順調だったんだよ。住み込みの下男と女中がいて、奉公人がいたりいなかったり。なのに、年が明けてすぐに突然ぱたりと店を閉めてね。それからはうんともすんとも言わないときたもんだ。そりゃあ、こっちだってお隣さんだからね。心配になって、何かあったのかいって声も掛けたんだけどさ、裏の戸も開けやしない。何でもないから放っておいてくれだとさ」

　女の語調が強くなった。思い出しながら腹が立ってきたようだ。

「店が閉まる前に、何か変わった様子などは」

「さあねえ。若いおかみさんにややができたって、大喜びだったんだけどねえ」

「それはおめでたい話じゃないですか」

　静が目を瞬くと、女は声をひそめた。

「でもさ、ほら。聞いてないのかい」

「何をですか」

「最近、隣に出るらしい……って」

静は息を呑んだ。

「変わったことといえば、そのくらいかね。しかも、赤ん坊の幽霊さ」

女は首を竦めて、恐ろしげに身を震わせた。

「実はあたしもね、ちらっと聞いちまったんだよ。夜に、か細い赤子の泣き声をね。あたしだけじゃなくて、他にも聞いたって人もいるしさ。もうこの辺りじゃ知らない人はいないよ」

「で、でも、お隣のおかみさんに赤子ができたなら、その声だということも……」

震える声で言うと、女はどこか薄暗くにやりと笑った。

「どう考えたって産まれるにはまだ早いだろ」

肌がぞっと粟立った。

「だから、お腹の子が流れて、それが化けて出てるんじゃないかって……」

「おしまさぁん、お客さんかい。ちょっといいかい」

「あらまあ、おてるさん。いらっしゃいいらっしゃい。どうぞどうぞ」

「あの、その話は……」

青い顔で静が訊ねると、女は表情を変えて、からりと笑った。

「ただの噂だよ、噂。店のもんが誰も姿を見せなくなったから、信憑性が上がっちまっただけさ」

「お隣は本当にどなたも出入りしていないんですか。お使いで女中や下男が出入りしているとか……日々の食事はどうされているんでしょう」

「ああ、そういや馴染みの棒手振が一人だけ、裏の戸越しにやりとりしてるみたいだよ。あとはよくは知らないね。あんたも残念だったね。何が欲しかったのか知らないけど、他の小間物屋を探すといいよ。あ、味噌ならうちの味噌、おすすめだよ」

あっさりと言うと、女は常連客と思しき女の相手を始めた。静は軽く礼を言って頭を下げ、店先を離れた。

「幽霊なんて……こんな時季に。いえいえ、まさか。ただの噂って、今のおかみさんも言ってたし」

恐ろしさを振り払うようにぶつぶつ呟いて、もう一度小間物屋の前に戻った。ひっそりと静まり返っている店が、先ほどよりも不気味に思えてくる。

裏の戸とは、路地の奥にあるのだろう。店の横の細い路地を覗き込むと、そこだけ春のうららかさから取り残されたように薄暗かった。

棒手振がものを売りに来るというのなら、中に人がいることに間違いはない。さとの子もいるはずだ。静は路地に足を踏み込んだ。

途端に何か弱々しい声のようなものが聞こえた気がして、思わず足を止めた。後ろを振り返るが、少し離れた表通りを人が歩いているだけだ。

「……気のせいよ」

脈打つ胸を押さえ、足を進めた。少し行くと戸が見えた。ここが小間物屋の母屋に近い裏戸だ。運がよければ、さとの子と話ができるかもしれない。懐に入れてきた文に着物の上から触れ、静はこんこんと控えめに戸を叩いた。

辺りはしんと静まり返っている。まだ日はそこそこ高いのに、急に冷え込んできた気がして、静はもう一度、今度は強めに戸を叩いた。

「……どなたですか」

聞こえてきたのは、怯えた女の声だった。掠れていて年齢はわからない。口調から女中だろうと当たりをつける。

「あの、こちらの下男の方に文を預かってきた者で」

「旦那様に知らない方は取り次ぐなと言われておりますので」

静が言い終わらないうちに語気が強まった。思ったより若い声だった。

「いえ、知らないわけではなく、下男の」

「旦那様が許可されている方以外とはお話しすることも禁止されておりますので。失礼いたします」

叫ぶように告げると、止める間もなく戸の向こうから人の気配が消えた。呆気にとられて、静は薄暗い路地に立ち竦んだ。

あの女中の声はただ事ではない。隣人にもこのような対応だったのであれば、味噌屋のおかみが腹を立てるのも頷ける。

「これじゃあ……確かに、文も渡せないわ」

余程やる気がない町飛脚に当たったのではないか、と清四郎に向かって気軽に口にした自分を恥じた。話を聞いてもらうことも、これでは無理だ。

あの軒下を見るにつけ、小間物屋の主人はかなり信心深いたちであるようだが、若い妻が身重だから慎重に暮らしているというには、行き過ぎている。そもそも、これから子が生まれるというのに店を閉めてしまっては元も子もない。

まさか、本当に噂のようにお腹の子に何かあって、それで戸を閉ざしているのだろうか。静は息を詰める。それはあり得る話のように思えた。

とても遠くに聞こえる表の気配に、赤子のか細い泣き声が混じっていた気がして辺りを見回す。だが、誰もいない。静はぶるりと身を震わせた。

年明け、小間物屋に何があったのか、清四郎に探ってもらおう——と考えかけ、思い出した。清四郎は今、江戸にいないのだ。心細さが増し、ひとまずこの場を離れるべく表通りへ足を向けた。

明るい通りが間近に迫り、ほっと息を吐いた静の横を一人の男が通り抜けた。

「おっと。失礼」

路地から女が出てくるとは思わなかったのだろう。ぶつかりかけた男は驚いた表情を浮かべ、状況を悟ると、柔和な笑みを静に向けた。眦が切れ上がった目が印象的な男だ。役者のような、とはこういう顔を言うのだろう。

静が会釈すると、男は入れ替わるように細い路地へ入っていった。

幽霊の噂のせいか、店が長く閉じているせいか、どちらにしても人が寄りつかない路地へ抵抗なく踏み込んだ男を、静は自然と目で追いかけた。

後ろ姿は、細身でひょろりとしている。落ち着いた色の着物を着流しているのに、首許に巻いた手ぬぐいは鮮やかで、薄暗い路地に浮いて見えた。

奥へ進んだ男は、先ほどまで静がいた場所で足を止めた。

静は目を疑った。戸が開いたのだ。男は戸の向こうに姿を消した。

「……ご主人、のようには見えなかったわよね」

棒手振にも思えない男を女中が中に入れたということは、住人なのだろうか。だが、小間物屋にいるのは、年を取った主人と若くて身重の妻、それに先ほどの女中にさとの子である下男だけのはずだ。訝《いぶか》りつつ、静はその場を離れた。

四

翌日。手習いの手伝いから戻った静は、珍しくつたの部屋で飯の支度を手伝いながら、切り出した。

「この長屋に、本所方面へ商いに行く方とかいますか」

静が店子の生業について訊ねたのは初めてだ。つたは人参を刻んでいた手を止めて顔を上げた。

「どうしたい。何かあったのかい」

「いえ、ちょっと……本所の方で赤子の幽霊の噂を聞いて」

隣で牛蒡《ごぼう》を洗いながら言うと、からりと腰高障子が開いてしげが顔を出した。

「それ、あたしも聞いたよ。吉田町の小間物屋じゃないかい。なんでも今は店を閉じてるとかっていう」

「ああ、それなら聞いたよ。そこそこ繁盛してたのに突然店を閉めたってんで、店の誰かが何かに取り憑かれたんじゃないかって話だろ」

「あたしは、若い嫁に子ができたものの寝込んでしまって、腹を立てた主人が乱暴したせいで子が流れて、その子に祟られた主人が寝付いてるとか聞いたよ」

「なんだいそりゃ。それなら、祟られて当然ってもんだね」

つたが憤然と鼻息を荒くした。あくまで噂だよ、としげは笑った。

味噌屋のおかみの話とはいささか違うが、噂に尾ひれはつきものだ。それに、幽霊と店を閉じたことがつながっている部分は共通している。

「そんなに色んな噂があるんですね。前に知り合いにいい店だと聞いて、閉じてることを知らずに昨日行ってしまって」

「そりゃあ災難だったね。もしかして、その知り合いって、こないだの松原診療所の」

ええ、と曖昧に頷くと、しげが首を傾げた。

「そういや、お静先生はなんで診療所で養生してたんだい」

静は答えに窮した。答えあぐねていると、とんとんと小気味いい音を立てて包丁を動かし始めたつたが、口を出した。

「まあ、先生も元気になったからここに越してきたんだろうし、それはもういいじゃないか。それより、桜綺麗だったねぇ」

「ああ、先生の持ってきた桜餅もうまかったしね」

つたのお陰で話が変わったことに感謝し、静は話に加わった。

「もうそろそろ満開でしょうか」

「先生は、誰かいい人と見に行ったりしないのかい」

つたのからかうような口調に、手が滑った。つるりと牛蒡が土間に落ちる。

「いい人なんて、いませんから」

早口で答えながら牛蒡を拾い、あの役者のような男を思い出した。

「そういえば、先ほどの小間物屋さんの辺りで、妙に鮮やかな手ぬぐいを首に巻いた役者っぽい雰囲気の男の人を見たんですが……知りませんか」

「おや。その人が今先生の気になる人かい」

つたとしげの目が、きらりと輝いた。静は狭い場所で、気持ち後ずさった。

「違いますから。小間物屋さんに行った時にちょっと見かけて、気になったので」

「気になったんだって」

「気になったのかい」

「だから、お二人の考えるようなものではなくて……。その、閉じてる小間物屋さんの家に入っていったようだったので……お店の方かなと」

静の慌て振りを二人はにやにやと見ていたが、話を戻した。

「あたしは店についてはよく知らないからなんとも言えないね」

「そういや、最近あの辺りの辻占《つじうら》がよく当たると評判らしいよ。役者に負けないような色男で、若い町娘に人気だって」

「辻占……ですか」

辻占とは、辻(交差点)を通り過ぎる人が喋っていた言葉を神のお告げと捉え、様々なことを占って商いをする者をいう。煎餅に挟んだ御籤《みくじ》を辻占煎餅と言ったり、御籤を売り歩く子どもなども辻占と呼ばれたりするので、占いに関わるものは何でもそう呼ばれる部分がある。

「確か、竪川《たてかわ》の三ツ目橋の辺りだとか。おつるが言ってたよ」

「あ、そうか。おつるちゃん、あっちに住んでるんだったっけ。元気かい」

「おつたさん、娘さんがいるんですか」

静が思わず口を挟むと、答えたのははしげだった。

「ああ、お静先生と年はあまり変わらないよ」

しげも長くこの長屋に住んでいるというから、つたの娘とも顔馴染みなのだろう。

「そうだったんですね」

つたが色々と世話を焼いてくれるのは、静が娘と重なるからだろうか。何だか面映ゆい気分で、静は砂を落とした牛蒡をつたの手許へ置いた。

「先生と違って粗野だしね、そんな大層な娘じゃないよ」

つたが苦笑した。

「ちょっと部屋に戻りますね」

「そうかい。手伝いありがとさん」

「いえ、それはこちらの方が。いつもありがとうございます」

軽く頭を下げてつたの部屋を出た。中からつたとしげの楽しげな声が聞こえてくる。

腰高障子に描かれた、円の一部のような細い曲線の前で静は足を止めた。この三十日屋の印も見慣れたものになった。

明日にでも、辻占があの男か確認しよう。もし同じだったなら、小間物屋に出入りしている人物と直に話ができるかもしれない。

期待と不安を胸に、静は障子に手をかけた。

手習いの手伝いを終え、吾妻橋《あづまばし》を渡り、小間物屋の前を通って堅川へ向かって足を進めた静は、三ツ目橋が見え始めると辺りを見回した。

「おつたさんの話だと、確かこの辺だったはず……」

小間物屋から思っていた以上に近い。これは、と心が逸る。

ほどなく川沿いに数人が並んでいるのを見つけた。視線を動かすと、少し離れた先にある柳の袂《たもと》で、一人の若い娘が誰かと話していた。

木に立てかけられたのぼりに、『御籤、辻占』と書かれている。

通りすがる人が興味深げに目をやる。静も同じように装って、辻占を窺った。

切れ長の目に見覚えがあった。表が紺の着流しは、ちらりと覗く裏地の赤がとても強烈だ。今日の首許の手ぬぐいは、鮮やかな緑だった。先日の男に間違いない。

緊張した面もちで御籤を引いた娘は、辻占と一言二言、言葉を交わす。みるみる頬を紅潮させた娘は、お代を払って足取りも軽くその場を去った。微笑みを浮かべてその姿を見送った辻占は、少し離れた場所に並んでいる次の客を手招いた。

色とりどりに着飾った様子の町娘ばかり、四、五人は連なっている。

「とりあえず、客になれば話はできるわよね……」

列の後ろに並ぶと、何人かの娘が静を振り返った。場違いな女がやってきたと言わんばかりに険しい目を向けられ、静は頬を引き攣らせた。

恋敵なんかじゃないから、と心の中で苦笑いし、順番を待つ。その間もぽつぽつと静の後ろに人が増え、いくらもしないうちに辻占に手招きされた。

静が近づくと、辻占は首を傾げた。

「どこかでお会いしやしたか」

一度擦れ違っただけだというのに、静を覚えているのだろうか。口籠もっていると、辻占は甘い顔立ちを引き立たせるように、目を細めて口角を上げた。

「あっしはお客さんの顔は忘れないたちなんですけどねえ」

しげしげと色気のある眼差しで眺められ、静は居たたまれずに目を伏せた。

「あ、山藤屋さんの側でぶつかりそうになった」

得心した声に、静は小さく頷いた。

「あの辺りは近頃、人があまり近づかない場所なんで、珍しいと思ったんでございやすよ。しかも、こんなにお綺麗な方が」

意味ありげな視線を向けられ、静はうろたえた。

「もしかして、あっしに会いに来ていただいたんで」

「いえ、そんな」

慌てて声を上げると、辻占は小さく笑みを漏らした。

「冗談でございやす。この偶然もきっと神仏のお導きでしょう。それで、本日はどのようなお悩みで」

甘い声で訊ねられ、静の頭は真っ白になった。

「ええと、あの、幽霊は本当にいると思いますか」

動転して口をついた言葉に、辻占は面食らったように目を見張った。

「幽霊、でございやすか。お悩みは、幽霊についてで」

いいえ、その、と言い淀んだ末、静は何とか言葉を紡いだ。

「それが、ちょうどあの日、あの小間物屋に幽霊が出るという噂があると知って、恐ろしくなってしまいまして。辻占なら、本当に幽霊がいるかどうかわかるのかと……こんなこと聞くのはおかしいですよね」

辻占は得心したように表情を和らげた。

「幽霊なんておりやせん。いないと証《あか》すのは難しいので、信じていただけるかどうかわかりやせんが」

肩すかしを食った気分で呟く。

「やっぱり、いませんか」

「お客様はいると思われやすか」

問いで返され、静は辻占を見つめた。得体の知れない黒目がちな両眼を見ていると、うつつから切り離されたような心地になった。

「いない……と思います。だけど、いたらいいのにと思ったことはあります」

はっと我に返って、取り繕うように苦笑を浮かべた。

「でも、仰る通りだと思います。幽霊なんていません」

「仮にいたとしても、幽霊なんて怖いもんじゃありやせん。幽霊を恐ろしいものにしているのは、生きてる人間でございやすから」

辻占の声は優しかった。意味がわからず、静は首を傾げた。

「少なくとも、あっしはあの辺りで見たことはございやせんので、ご安心を」

「では、小間物屋の皆さんはお元気なのですね。幽霊に祟られているなんて噂も耳にしたものですから、気掛かりで」

「見知らぬ相手まで気遣われるなんて、お優しいんでございやすね」

「いいえ、知り合いのお子さんがそこで下働きをしていると聞いたので、気になってしまって」

静はちらりと辻占の様子を窺った。ほう、と辻占は続けた。

「それは下男の長吉《ちようきち》のことでしょうか。彼なら、元気に働いていやすよ。今朝も、水を汲んでいやしたし」

奉公先で別の名がつくことはよくある。さとの子は元気なのだとほっと胸を撫で下ろしかけ、はたと顔を上げた。

「どうして、そのようなことをご存じなんですか」

「あっしは今、あそこにお世話になっておりやすので」

辻占は何でもないことのように言った。

「ご主人のご希望で、住み込みで毎日辻占をさせていただいておりやす」

「それでは、山藤さんがお店を閉じていらっしゃるのは、幽霊の……噂のせいか、ご存じですか」

勢い込んで訊ねると、辻占は小さく苦笑いを浮かべた。

「噂は噂でございやすよ。その話は山藤のご主人のお耳にも届いていやすし、少々気に病まれておりやすが……店を閉められたのとは関係ございやせん」

「では、どのような理由で――」

静が問いを重ねようとしたところで、背後から咳払いが聞こえた。次の客がしびれを切らしたようだ。辻占は顔を上げ、静の背後の待ち人へ甘い笑みを向けた。

「お客様のご事情をこれ以上お話しするのは、ちょっと」

「そうですね。すみません」

辻占があの家に住み込んでいるのなら、文を預けるのも一案かもしれない、とひらめいた。お代を添えて頼めば、下男からの返事ももらってきてくれるかもしれない。考えを巡らす静の耳に、今までで一番深みのある辻占の声が届いた。

「最近……ここ一、二年の間に、とてもお辛いことがございやせんでしたか」

胸の奥が刺されたように痛み、静は驚いた顔を上げた。辻占はもの柔らかな目で、小ぶりな袋を差し出した。

「御籤をどうぞ」

静は呆けたまま引き込まれるように手を入れた。小さく折り畳まれた紙がいくつも入っている感触がする。そのうちの一つを指先で拾い上げて取り出した。

「どうぞ、中をお開きください」

促されて紙を開くと、さらりと流れるように書かれた文字が目に飛び込んできた。

『思わぬ近くに、助けあり』

脳裏を過ぎったのは、清四郎だった。でも、清四郎は江戸にいない。妙な心許なさに居たたまれなくなり、静は小さく唇を噛んだ。

「ここにも助けがありやすから。いつでもどうぞ」

辻占が意味深長に目を細めてみせた。落ち着いた声音に心が緩みそうになって、あたふたと懐を探った。

「あ、ありがとうございます。でも、此度は一人で頑張らないと。あの、お代を」

「最低十二文（約三百円）から、お気持ちでお願いしておりやす」

四文は串に刺した団子が買えるくらいの、子どもでも気楽に使える値だ。

それが三本買えるほどの値段が下限で、それ以上は気持ち次第。ちょっとした遊び心でも試せるし、辻占の話を重く捉えた者にはいくらでも上乗せできる、上手い値の付け方だ。感心した静は、やや思案して二十文（約五百円）を出した。

「是非、またおいでください」

黒い瞳にすべてを見透かされている気がして、逃げるようにその場を離れた。

それから、小間物屋へと足を向けた。

小間物屋の裏戸へ続く路地は今日もひっそりと静まり返っていた。味噌屋のおかみに見咎められると、今度は静が絡んだあらぬ噂が立ちかねない。誰もいないのを見計らって木戸をくぐる。もう一度戸を叩いてみようかと迷ったが、先日の対応がよみがえり、奥へ進むのはやめた。事情を話して、辻占に仲立ちを頼むのがよいのだろうか。考えながらその場で踵《きびす》を返すと、ふと、背後から赤子の声が聞こえた気がした。

──幽霊なんておりやせん。

辻占の言葉を思い出しながら振り返り、耳を澄ませる。

確かに、赤子の泣き声のようなものが、途切れ途切れにどこからともなく聞こえる。

主人も噂を気に病んでいると言っていた。元気だというさとの子だとて、怖くないはずがない。母親が心配していることを伝えて、安心させてあげたい。

ほどなくして、か細い声は途切れた。

「こんな声だったかしら……」

もう思い出せない声を記憶から呼び覚まそうとしながら、静は小さく呟いた。

五

「ただいま戻りました」

手習いの手伝いを終えた静は、土産を手に長屋に戻った。

立ち話をしていたらしいつたとゆきが静を出迎えた。

「今日は、少ないですが皆さんにお土産を……」

「え。どうしたんだい。別に何もしてないよ」

よもぎ団子が美味しそうだったので、と静は控えめに言った。小間物屋に出入りしていた男を見つけられたのは、つたやしげの話のお陰だ。しかも、辻占が小間物屋に住み込んでいることまでわかった。

「先日のお花見で、皆さん桜餅を美味しいと言ってくださったので……つい。ご迷惑でしょうか」

「いやいや、迷惑だなんて、ねえ。おゆきちゃん」

「そうですよう」

「あとで皆さんに分けてください」

つただけに、というのなら簡単だが、自然としげの手にも渡るようにと考えたら、長屋の皆に買うやり方しか思い浮かばなかったのだ。

「気ぃ遣ってもらって悪いね。皆の分ってなったら結構するだろう。無理しなくていいんだからね」

「気をつけます」

静にそっと身を寄せ、つたが意味ありげに囁いた。

「そういや、こないだ言ってた辻占には会いにいったのかい」

何のことですか、とゆきが身を乗り出した。

「行きました。やっぱり評判は本当だったみたいです」

へえ、とつたが眉を上げた。

「何も話をしていないのに見事に言い当てられてしまい、驚きました」

「どんなこと言われたんだい」

「この一、二年に、辛いことがあっただろう、と。息が止まるかと思いました」

「あ、花見の時に話してた、診療所でお世話になってたことですか」

ゆきがぽんと手を合わせる。つたは一人、笑い出した。

静とゆきが顔を見合わせると、けらけらと笑いながらつたは目尻を指先で拭った。

「その辻占、それだけしか言ってないんだろ」

呆気にとられつつ頷くと、つたの笑いは更に増した。笑いの合間に言う。

「そんなおおざっぱな話、誰にだって当てはまるだろうさ」

あ、と静は口を開いた。

「おゆきちゃんだって、この一、二年で、辛いことの一つや二つ、あっただろう」

ゆきが視線を宙にさまよわせ、うーん、と唸った。

「そうですね。これ、っていうほどのことはないですけど、何もなかったってことも……ないですね」

「ありゃ、そりゃすごい。さすが若いもんは違うねえ」

「もう、おつたさん、あたしはもう子どもじゃないんですから」

むくれるゆきを横目に、つたは静を見遣った。

「どういうことかわかったろ」

「ええ、そうですね……」

静は苦い気分で頷いた。誰にだって辛いことや悲しいことの一つ、二つあるものだ。しかも、一、二年の間、となればなおのこと。

自分は辻占の話術にまんまと引っ掛かったのだ。

「辻占なんて話が上手いもんがやる商いだからね。いかにもそれっぽく思わせる雰囲気があるんだろうさ。……で、噂の通り色男だったかい。まさか、ころっと参っちまったわけじゃないだろう」

にやにやと口許を緩められ、おつたさん、と静は詰《なじ》るように返した。

「まあ、気になることがあるなら止めはしないけど、話半分であんまり入れ込まない方がいいんじゃないかい」

「気をつけておきます」

苦さを噛み締めて答えた。辻占に文を預ける案は、なしだ。

こうなると、あの男がどこまで本当のことを話していたかも怪しい。

こんな時に清四郎がいれば、と歯痒くなった。同時に、自分がどれだけ清四郎を当てにしているのか思い知らされる。清四郎がいなくても問題ないと嘯いたことが恥ずかしい。

けれど、清四郎は、適当な発言など絶対にしない。一人でどうにかなるだろうと言ったのなら、静一人でどうにかできるはずなのだ。

目の前で小突き合うつたとゆきを見つめ、考えた。

清四郎は、いつもどうやってあれこれ調べているのだろう。たとえば、名も知らぬ下駄職人に文を届けたいという依頼の時、職人の素性を探ってきたのは清四郎だった。男の後を追い、住まいを見つけ、話を聞いて回ったと言っていた。話を聞くなら、一人より二人でやる方が効率がいいだろう。清四郎には仕事で築いた人脈がある。何かを軽く訊ねることができる知人も、静とは桁違いのはずだ。自分には、清四郎のような経験もつながりもない。——が、それでも辻占に行き着けた。

「どうかしたかい」

黙り込んだ静に、つたが怪訝な目を向けた。静はごくりとつばを飲み込んだ。

「あの……お願いがあるんですが」

おずおずと切り出すと、つたは首を傾げた。

「やはり、あの辻占が気になるので、どういう人か話を集めてもらえませんか。できれば、長屋の皆さんに……。ええと、御礼はこのよもぎ団子くらいなんですけど」

目をぱちくりとさせたつたが呆れたように言った。

「そんなにその辻占が気になるのかい」

誤解されるのは面倒だが、他に納得してもらえる理由も思いつかず、静は曖昧に笑ってみせた。

「そりゃあ構わないよ。お静先生の心を奪いそうな辻占だって言ったら、皆食いつくさ」

引き攣った笑みを隠し、お願いします、と頭を下げた。辻占だけでは心許ない。他にも小間物屋につながるものはないか。

「……棒手振」

ぽつりと呟いた静は、もう一つ頼んだ。

「あの辺りで商売をしている棒手振について、知ってる人がいたらそれも聞いてもらいたいのですが」

「棒手振かい。そりゃ、いいけど」

つたは不思議そうな顔で、請け合った。

話はあっという間に集まった。数日後、手習いの手伝いから帰った静はつたに手招きされ、つたの部屋に上がり込んだ。

つたは白湯の入った湯飲みを差し出して、上がり口に座るように促した。

「それであの話なんだけどね。あの辺りを回る棒手振は何人もいるらしいけど、小間物屋を訪れてるのは三次《さんじ》という若者らしいよ。おゆきちゃんの亭主が名前だけ知ってたってさ。熱心な棒手振らしくて、回るところが色々変わるから摑まえるのは難しいらしい」

棒手振は大体、自分の縄張りを持っているものだ。同時に一つの長屋を訪れ、同じ物を売る棒手振は二人も必要ないからだ。なので棒手振も場所や時間など、それなりに持ち分が決まっているのだが、それ以上に色々回っているのだろう。

「辻占の方は、あの場所に立つようになってまだ二月にもならないって話だよ」

小間物屋が店を閉じ、幽霊の噂が広がり始めた時期と重なる。静の中に僅かな疑念が湧いた。

「見てくれと声の良さで若い娘たちがひっきりなし。中には男や若くない客もいるらしいけど、大半は辻占目当てだとさ」

静の見た通りだ。つたの話では、それほど値が高いわけでもないため、若い娘でも頻繁に通えるらしい。御籤を上手く読み解き、助言も的確な摑み所のない伊達《だて》男《おとこ》に舞い上がっている娘も多いという。

　しかし客が押しても引いても暖簾に腕押し。特定の客といい仲になる気配もなく、娘たちの間では誰が落とすかで火花が散っているという。

　辻占に立つ時間は大体決まっていて、夜は近場で飲む姿も見られるらしい。それほど儲けが出る商いでもないのに、同席した客に奢るなど、気前がいいと大工などの職人衆の間で評判だという。

「一体どこからそのお足が出てるのか、不思議がる向きもあるらしいけどね」

　それは小間物屋から出ているのだろう。静はそう当たりをつけた。辻に立って多くの客を捌けばそれなりに稼げるだろうが、それだけで気前よく奢れるほど儲けが出るとは思えない。小間物屋の主人は家に住まわせるほどだ。駄賃程度の辻占のお代とは比べられない額を出しているはずだ。

「あそこで商いを始めるまでの経歴などは……」

「それが、昔から見知った人はいないってんで、不明らしいよ。前は上方にいたとか東北から流れてきたとか、適当に語っているらしいね」

　つたの話に耳を傾けながら、静は白湯をじっと見つめた。

「なんだい。まさか本当に惚れちまったわけじゃないだろうね」

　つたがずいと身を乗り出した。声には心配が滲んでいる。

　辻に立ち始めた時期も含め、辻占の行動はすべて小間物屋とつながっている。もしかしたら、店を閉じたことにも関係があるのかもしれない。それを確かめるためにも、辻占からもう少し小間物屋の話を聞き出したい。

前回は考えなしに出向いて頭が真っ白になってしまい、変な話を切り出して辻占の話術にはまってしまった。今度はきちんと段取りを考えるのだ。

「ありがとうございます。よく考えます」

立ち上がり、静は頭を下げるとつたの部屋を出る。背中を見送るつたの顔は曇っていた。

六

次の日、手習い所から帰った静は慌ただしく部屋に駆け込んだ。

簞笥の引き出しを勢いよく開ける。中に入っているのは仕舞いっぱなしの小袖だ。いつも身につけているものより鮮やかな刺繡が施された着物を取り出して、気後れする自分に、これも文を届けるためだと言い聞かせる。

手習いの手伝い中にどうやって話を聞き出すか色々考え、たどり着いたのは、他の客と同じように着飾って辻占に興味があると匂わせることだった。あれこれ訊ねるのは辻占のことが気になっているから、そう思わせるのだ。

障子の向こうで何事かと様子を窺うつたの気配がしたが、今はそれらしく装う方が大事だ。気合いを入れて身支度を終えると、静は土間に下りた。腰高障子を開けると、つただけでなく、しげもいた。二人は、しまったという顔つきで静を見た。

「なんだか騒々しいと思ってね。一体どうしたんだい」

「そうそう。お静先生、今日はちょいと華やかだね」

「ちょっと出掛けてきます」

へどもどと取り繕う二人に目をくれる余裕もなく、静は長屋を後にした。

「例の辻占のところかね」

「あんなに着飾ってるのに、いい人に会いに行くってぇのとは様子が違うねぇ」

「まるで、戦《いくさ》に行くみたいじゃないかい……」

遠ざかる静の背中を見送り、つたとしげは顔を見合わせた。


「これは、再びいらしていただけて嬉しい限りでございやす」

静と相対した辻占は、男ならではの粋を滲ませた笑みを浮かべた。

今日はこの男の手管に惑わされず上手く話を引き出すのだ。

「この前の御籤が気になって。頼っていいというお言葉に甘えて、また来てしまいました」

敢えて目を伏せると、辻占は声を深く和らげた。

「頼りにしていただけて、光栄でございやす。お着物も前回とは趣が違いやすね。華やかなものもとてもよくお似合いで。あっしに会うのにめかし込んできていただけたのなら、嬉しさもひとしおでございやすが」

「……いえ、そんなことは……ではなくて、はい」

途切れ途切れな返事は、どんどん小さくなった。どうすれば気のある素振りができるのかさっぱりわからないことに、今更気づいた。お粗末な目論見《もくろみ》だったと、図らずも頬が熱くなる。

「綺麗な方に興味を持っていただけると、あっしも心が浮き立ちやす。それで、本日はどんな気掛かりがおありで」

「あの……あなたのことをもう少し……教えていただきたいと思いまして」

「あっしですか」

直截な物言いに辻占は苦笑した。

「今までどうしてこられたのか、とか。小間物屋さんにはどのようにしてお世話になることになったのかなど……」

「あっしの話など面白くはありやせんが」

「是非に」

語気を強めると、辻占は静を観察するように目を眇《すが》め、語り始めた。

「あっしは、あちこちで辻占をさせていただいてまいりやした。その都度、山藤のご主人のようにご贔屓にしてくださるお客様のところにご厄介になることが多うございやす」

囁く辻占の声が、思わせ振りに低められた。

「あなたのように、お美しい方にお世話になったことも、何度も」

艶めかしい瞳に見つめられ、静は俯いた。

結局、辻占は羽振りが良い客を摑まえて、食いつないでいるのだ。今の主な客は若い娘ばかりだが、その中で次の獲物を探しているのかもしれない。

辻占はそっと静に身を寄せた。近くに迫った気配に慌てて顔を上げる。

「な、何か」

「――あっしに気のある素振りはおやめください」

先ほどまでの柔らかな声音とは違う、聞く者をひやりとさせる声だった。

見上げた顔が思いの外《ほか》間近にあり、後ずさりしかけ、すんでのところで踏みとどまった。ここで退いては辻占の言葉を肯定することになる。

「真に気がある場合、もうちっとなぁんとも言えない柔らかさがあるもんでございやすよ」

耳許で囁かれ、静は耳を押さえ頬を赤らめた。

「お知りになりたいのは、小間物屋のことですか。わざわざ慣れぬことをなさろうってんですから、何かお疑いなのかもしれやせんが、あっしに後ろ暗いところなどございやせん」

目を逸らすと、辻占は更に顔を近づけてきた。並んでいる客だろう、背後でか細い悲鳴のような声が聞こえた。

静は口許を引き締めて、至近で見つめてくる黒い瞳を睨み返した。

何もかもを見透かすような目に、翻弄される情けない自分の顔が映っている。元から、辻占を上手く出し抜く話術など持ち合わせていないのだ。静は覚悟を決めた。

「本当に後ろ暗いところはないんですか。飲み歩いて、人に奢ったりしているお足はどこから出てるんですか。小間物屋さんに取り入って店を閉じさせて、何か企んでいるんじゃないですか」

打って変わった強い口調に、辻占は小さく目を見開き、それから吹き出した。すっと身を引くと、先ほどと同じ距離まで離れた。

「これは、思ったより何やら色々調べていらっしゃるようで。そりゃあ生まれた時から真っ白な身の上だなんて言いやしませんが、今は叩いても埃は出やせん。飲み代は、辻占としてのまっとうな稼ぎを使っておりやす」

「小間物屋さんが店を閉じたのは、あなたが出入りし始めた頃だと……」

「それは少し違いやす。あっしは店を閉じたご主人に呼ばれたんで。それで、気に入られてお世話になることになった。毎朝毎夕、御籤を引いて出た言葉をお伝えしておりやす。もちろんそれ相応のお足はいただいておりやすが、辻占が辻占をして、何の問題がございやしょう」

「幽霊だって、何か絡んでるんじゃないの」

「信じるも信じないもご自由ですが、ご主人が幽霊に怯えていらっしゃるのも、すべてあっしが来る前からの話で」

「そもそも、ご主人は何故お店を閉ざされてるの。理由《わけ》を知っているんでしょう」

「普段、お客様のお話を他へ漏らすことはしないんでございやすが、特別にお答えしやす。それは単に、若いおかみさんのお腹の子が心配でいらっしゃるんでさあ」

静は眉をひそめ、問い返した。

「お腹の子が心配だと、どうして店を閉じることになるの」

「赤子は無事育つかもわからないもんですが、その前に何事もなく生まれてくるかもわからないもんでございやしょう。外から悪いモノが入って、お腹の子がどうにかなってしまうのではないかと、それはもう大層気を尖らせておいでで」

「確かに無事に生まれるか不安になるとは思うけど……そこまで神経質になるものかしら」

女中のあの態度が主人の影響なのだとしたら、かなり気が立っているはずだ。

「そこは、そういうご気質だったってことですかね。そのために辻占《あつし》を住まわせ、近くに悪い気配がないか、よからぬことはないか、一日二度も確認せずにはいられないってんですから。こちらとしてはありがたい限りでございやすが」

辻占の唇が紡ぐ言葉は、客にとって心地いいものだけではない。いいことを言われれば心を落ち着けることもできるだろうが、そうでなければ不安は募り、より神経質になるはずだ。主人の憂いを煽っているのは、他ならぬこの辻占ではないのか。

猜疑の眼差しを向ける静に、辻占は薄く笑った。

「誠心誠意、務めさせていただいておりやすよ」

後ろから咳払いが聞こえた。

「あっしは、店を再開した方がいいのではと助言させていただいてるくらいで」

もう騙されてなるものか、と気を緩めない静に、辻占は真顔になった。

「嘘じゃあございやせん。気掛かりに惑わされた主人のお心にはなかなか届かないのが、残念なくらいでございやす」

「嘘でしょう」

「あっしは辻占ですから。嘘は申しません」

「御籤と話術だけで商いをしている人の言うことを信じられると思うの」

風が吹き、枝垂《しだ》れる柳の枝がさらりと揺れた。

「逆でございやす。あっしはこの口で稼がせてもらってるんで。口にする言葉に誠意くらいは持ち合わせておりやす」

言葉を切ると、辻占は肩の力を抜いてふっと笑った。

「ただし辻占ですから、当たるも八卦、当たらぬも八卦ですがね」

「ほら、やっぱり」

「信じるも信じないも、お客様次第です」

きっぱりとした口調だった。静が何かを言う前に、辻占は前回と同じ袋を出した。

「御籤をどうぞ」

もう話すことはないと、辻占の目が告げている。聞きたかったことは聞けた気もするし、肝心なところは誤魔化された気もする。もどかしい気持ちで静は袋に手を入れた。

辻占が本当に嘘をついていないというのなら、小間物屋の主人は子が無事に生まれてくるかという不安から店を閉じていることになる。不安はわかるが、どうしてそれほど極端になるのか、そこがわからない。

けれど、どうにかあの戸を開けさせ、さとの思いを届けなければいけない。

どうすればいいのか答えはないまま、静は触れた紙の一つを取り出した。

『不安は、内にある』

開いた紙に書かれた文字が、目に入った。不安は、主人の内側にある。そう読めた。あるいは、閉ざされた戸の中に。戸を閉じさせているのは、主人がお腹の子に害をなすと信じている、戸の外にいる悪いモノ——幽霊だ。

その幽霊よりも強く働きかけ、主人を戸の外に連れ出せるものは何だろう。

ふと、軒に並ぶ数多《あまた》の札が頭に浮かんだ。

「不安は、幽霊や化物《ばけもの》と同じですね」

静の手を覗き込んだ辻占が言った。え、と静は顔を上げる。

「あると思えばあるし、ないと思えばない。化物の正体見たり枯れ尾花、ですよ。正体がわかれば、化物や幽霊は消えてしまう」

それだけ言うと、辻占は次の客を手招いた。静は前回と同じお代を払ってその場を離れ、手の中に残った御籤を見た。

「御札に、御守……」

小さく呟いた静は、何かを思いついた顔で松原診療所に足を向けた。


「あら。お静さん、その格好どうしたの」

診療所を訪れた静の格好に、佐枝は驚いた。依頼の件で話があると言うとすぐに部屋に通してくれた。静はこれまでの経緯をかいつまんで伝えた。

「おさとさんの子どもは五人、無事に育ってるんですよね。おさとさん、裁縫はお得意ですか」

「手先は器用だからって、うちでも色々繕《つくろ》ってくれたわ。お代替わりにって。今もあちこちに繕い物の手伝いに行ってるはずよ」

さとがあちこちに手伝いに出ていると言っていたのは、繕い物だったのだ。思いもよらぬ巡り合わせに、静は意気込んで口を開いた。

「こういうことを考えたんですけど……」

さとの子へ文を届けるための策を伝えると、佐枝はにこりと笑った。

「すぐに小吉を使いにやりましょう」

江戸に戻った清四郎に満足いく仕事だったと胸を張るためにも、あとは自分が上手くやれるかどうかだ、と静は気持ちを奮い立たせた。

七

佐枝に頼んだものは、翌日の昼に手習い所へ届けられた。

小吉がさとの許を訪れたのは、昨日の暮れだ。たった一晩でこれを準備したさとの思いが身に染み、静はそれを大事に受け取った。

手習いの手伝いを終えた静は早速、小間物屋へ向かった。

最初に訪れた時と同じように、小間物屋には暖簾もなく揚戸が下ろされている。中の気配は微塵も伝わってこない。

その様が主人の恐れの強さを物語っているように見え、俄《にわか》に不安が湧き上がった。

そもそも、辻占が話したことが正しいとは限らない。辻占が嘘をついていたのなら、静の策は成り立たない。

憂いを振り切って、路地へと踏み込んだ。取り付く島もなく追い返された戸の前で、一つ深呼吸する。今から、ひと芝居打つ。辻占に見破られたような陳腐なものではなく、母の思いを子に伝えるための芝居だ。

強く戸を叩くと、戸の向こうに人の気配が現れた。

「はい。どちら様ですか……」

前回と同じ、頼りない声だ。静はできるだけ大きな声を張り上げた。

「とても霊験あらたかな、安産、そして子どもの健やかな成長によく効く御守と背《せ》守《まも》りを、こちらのご主人にどうかと思いまして、お持ちしました」

「えっと、あの……それはどのような」

思ってもみない言葉だったのだろう。声の主が困惑する気配がした。

「本当に、どのような子でもすくすくと育つ、とても強い御守です。是非とも、ご主人にお取り次ぎを」

戸の向こうが静まった。女中がどうするか迷っているのだろうか。取り次いでもらわなければ話にならない。もうひと押し、と口を開きかけた静の前で、戸が開いた。

「本当ですか。いくらでも出しますので、是非それを私に」

顔を出したのは、血相を変えた年配の男だった。身なりは整っているものの鬢には白いものが交じり、目は落ちくぼんでいて青白い顔をしている。

名乗られずとも、着物や雰囲気でわかる。この男が、小間物屋の主人だ。

「ここで話し込んでお住まいに悪いものが入り込んでも何ですから」

静はにこやかに微笑みかけた。

「しかし、今、私が家を離れるわけには――」

盛大に眉をしかめる主人に、ここではお話しできませんので、と迫った。主人は頑なに戸の外に足を出そうとしない。声から想像していたより随分若い女中が、主人の背後で右往左往している。

「この辺りの幽霊に話を聞かれてしまっては、効果がなくなってしまいますので」

主人はぴたりと動きを止め、怯えた眼差しを静に向けた。

「お勢《せい》。私が出たら戸をきちんと閉めなさい。私が帰るまで、絶対に誰も入れてはいけないよ。いいね」

主人の鋭い口調に、女中は半泣きでこくこくと頷いた。

「手短にお願いしますよ」

気忙しい口振りで言うと、主人は恐る恐る外へ踏み出した。言いつけ通り、すぐに戸は固く閉ざされた。

静は近くの川辺にある人が少ない茶屋へ主人を連れていった。店先の床几に座ると現れた娘に手早く注文を済ます。即座に主人は勢い込んで口を開いた。

「早く御守を」

「まずは一服されてはいかがですか。顔色がお悪いですよ。お食事はきちんと召し上がっていらっしゃいますか」

「そんなことはどうでもいい。どんな御利益があるのか、早く」

目の色を変えた中年の男と若くはない女の二人連れを、わけありの客と判断したのだろう。先ほど注文を取りに来た娘とは別の、客あしらいに慣れた中年増の女が菓子と茶を置いていった。

「こちらになります」

静は懐から取り出した包みを膝の上で開いた。中身は小裂《こぎれ》で作られた麻の葉をかたどった背守りだった。

背中は自分の目で見えないため、悪いものが入りやすい場所とされている。子どもの着物は一枚の反物で作られていて、背中に縫い目がない。そのため、大人より魔が入りやすいと言われ、魔除けのために縫い目を作ったり、御守となるものを縫い付けたりする。それらを総じて背守りという。家の軒に貼る御守と、役割は同じだ。

麻の葉は生命力が強く、手をかけなくても大きく育つため、成長の祈りを込めて赤子や子どもの着物によく使われる柄だった。

「ただの背守りじゃないか」

主人は立ち上がり、鼻白んだように吐き捨てた。

「こちらは、五人の子どもを全員無事に産み、大きく育てた母親が縫った御利益のある背守りです」

静の説明に、主人は前のめりになった。

「五人とも、すくすくと元気に育っております」

主人は泡を食って静の隣へ再び腰を下ろした。

「わかった。ではそれをもらおう。いくら出せばいい」

「まず、こちらの文をご覧になって、返事を小間物屋さんの下男からいただきたく存じます」

静は背守りをもう一度包み直し、懐からさとの結び文を取り出した。

「文がどうした。うちの下男から返事とはどういうことだ」

ちらりと文に目をやった主人は気もそぞろだ。背守りの包みを名残惜しそうに見る。

「この文をそちらの下男にお取り次ぎいただき、お返事をいただくことが、こちらの背守りをお渡しする条件です」

頑とした声に、主人が静へ目を戻した。静が黙って見つめると、不承不承、文を受け取った。

「わかった。まずはわしが中身を確認する」

背守りが早く欲しい主人は、急いた手つきで中を開く。静はひとまず主人に文が渡ったことに息をつき、湯飲みを手に待った。お茶が胃の腑へ落ちていく。ふと視線を上げると、茶屋の横に立つ一本の木に気づいた。桜だ。今にも満開を過ぎようかという花盛りだった。

「……そうか。この文は、長吉の母からのものか」

ややあって、主人が呟いた。中を読んではいないが、書かれている内容は想像がつく。

父親が大怪我をして使いをやったこと。文を取り次いでもらえなかったこと。父親が回復しつつあること。息子と連絡が取れず、心配をしていること。元気なら、知らせて欲しいということ。

事情は伝わったのだろう。

「わしは、長吉やお勢のことなど何も考えていなかった……」

やつれた主人の顔に、己を恥じる色が加わった。どこか虚ろだった眼差しに光が戻りつつある。

「おかみさんのお腹のお子様は、すくすくとお育ちですか」

「お高《たか》は調子を崩しているが、腹の子は元気でよく動いていると言っておる」

「では、これを安産の御守にされてください。こちらの背守りは、長吉さんのおっかさんが我が子を思いながら作ったものです。無事お生まれになった暁には、背守りとなさればきっと守ってくれます」

主人の目には、拭いきれない不安の残滓が揺れている。静はそれを取り払うために言葉を重ねた。

「店を閉じていて、生まれてくるお子様をどうやって育てるおつもりですか。子が生まれたら育てていかなければならないのですよ」

主人は正気に戻ったように目を見開いた。

「ああ……そうだ。子は、育てねばならん。そのためには、銭がいる」

春の風が強く吹き抜けた。静は目を眇めて、膝の上の包みを押さえる。主人は手にした文を飛ばされぬよう握り締めた。

店先の桜が一斉に舞った。薄い桃色の小さな花びらが辺り一帯に広がり、青空の中、きりなく舞い降りてくる。

主人がその光景を見上げ、舞い散る花びらに吸い込まれるように立ち上がった。まるで幽霊でも見たかのように、ぽかんと口を開く。

十日ほど前、長屋の皆と見た桜はまだ五分咲きだった。あの時の清楚な美しさとは違う、春爛漫の華やかさに静は目を奪われた。

「いつの間にか、桜の季節だったのだな」

主人はひとりごとのように言った。

「……子が、無事に生まれてくるか、不安だったのだ」

気がつけば、主人は静の横に腰を下ろしていた。文を結び直し、大事に懐に仕舞いながら、桜の木を見上げていた。

「このような年になって、若い嫁をもらい、子宝に恵まれた。天にも昇る心地だった。だが、お高は元気で潑剌とした娘だったのに、顔色は悪くなり、常に胸の悪さを訴えて寝てばかりで、食もどんどん細った。店番をしているお高が調子悪そうにしているのを見た者に、何かに憑かれてるのではないかと言われ、不安になった」

「お医者にはかかられなかったのですか」

「医者は子は元気で問題ない、と言った。身ごもるとこうなる者もいると言われても、今まで見たこともない白い顔に、よくあることとは到底思えなかった……」

自嘲するように主人の口許に力ない笑みが浮かんだ。

「ちょうどその頃、赤子の泣き声のようなものが近くで聞こえ、あれは幽霊ではないかと重ねて言われ……。どこかで流れた子の霊がわしの子を連れに来たのではないかと……我を忘れてしまった」

子を授かると、母は体調を崩す。つわりは知られているが他の不調をよく知る者は少ないだろう。医者が言ったように、人によっても随分違うという。主人の不安が募る理由は、色々とあったのだ。そこに、追い打ちが加わった。静は憤りを堪えて訊ねた。

「そんな話を吹き込んだのは誰ですか」

「うちに出入りする棒手振だよ」

思いもよらぬ答えに、静は絶句した。

「最近この辺りに赤子の幽霊が出ると噂になっている、悪いものが来てはいけないからあまり家から出ずに用心した方がいいと、親切に教えてくれてな。それで、わしは怖くなって店を閉じてしまったのだ。あの棒手振もそこまでしろとは言わなかったのだがな」

桜を見上げたまま主人は嘆息した。

「辻占の言う通りだった。店は開けても差し障りない、用心していればいいと」

主人は、一区切りついたように静に視線を戻した。

「お手数をおかけして申し訳ないことをしました。文の返事は今から家に戻り長吉に書かせよう。本当に、背守りのお代はそれでよろしいのか」

与太話を吹き込んだ男の正体を呑み込みきれない静は、何とか口許を綻ばせた。

「この御守があれば、おかみさんも無事に元気な子をお産みになるでしょう。出産は一大事です。父親がどっしり構えていらっしゃらなくては」

静の励ましに、主人は困った顔で頰をかいた。

「確かに確かに。お恥ずかしい限りです」

「もし、御守をなくしたりしても、もう我を忘れられてはいけませんよ」

静が付け加えると、主人は何度も頷いた。それから、店の女を呼びつけて、自分の菓子を手土産として包むように申しつけ、静の分も合わせてお代を払った。

「あなたは召し上がってからおいでください。あ、これは申し訳ない。お名前もお聞きしておりませんでした。私は、小間物屋山藤の小兵衛《こへえ》と申します」

「私は、裏長屋で小さな町飛脚屋をしている三十日屋の静と申します。では、後ほどお伺いします」

小兵衛は小さく頭を下げると、女から菓子の包みを受け取り、明るい空に咲く桜をもう一度振り仰いだ。それから、急ぎ足で戻っていった。

静は心を落ち着けるために、時間をかけて茶と菓子を味わってから、席を立った。


小間物屋へ向かう静の前に、人影が現れた。

「あの主人を表に出したんですかい。一体どんな手をお使いなさったんで」

柳の袂とは違う砕けた口調で、辻占は少し面白くなさそうに言った。

「どんな手でもあなたには関係ないでしょう」

通り過ぎようとすると、辻占は当然のようについてきた。

「あっしのねぐらがなくなったじゃありやせんか」

物言いとは裏腹に、静を責める響きは感じられない。

「それよりも、あのご主人に店を閉じさせるきっかけを作ったのは、あなたじゃないじゃないの」

腹立たしさを覚えて文句をつけると、辻占は気が晴れたように表情を明るくした。

「そう申したはずですが」

静は視線を泳がせた。確かに、勝手に疑っていただけだ。

「あの店に出入りする棒手振の……三次って人、知ってるの」

「ええ、まあ。名前までよくご存じで」

「その人は、どうして、ご主人を不安にさせるようなことを」

「あいつは小悪党で。気の弱い主人の心を病ませて、手伝いに入り込み店の後釜に座るとか、ちょっと寝付いたりしたところで店を乗っ取れないかとか、期待してたんで。上手くいったら目っけ物くらいのつもりだったらしいですが」

「どうしてあなたがそんなこと知ってるの」

顔を険しくして、静は足を止めた。

「主人が三次の予想以上に怯えて店を閉じちまったもんだから、中の様子を探ってくれと頼まれやして」

「まさか、仲間なの」

剣呑な目つきを向けられ、いやいや、と辻占は手を振った。

「以前、別の河岸《かし》で辻占をしてる時に何度か一緒に呑んだくらいのものですよ」

「じゃあ、どうして」

「辻占を必要とする人がいるならどこへでも、ってのが、あっしの信条ですんで。

これは、と勘が働きやして。あっしを重宝してくれる相手ほど銭になりやすから」

「結局は銭なんじゃない」

言い捨てて、静は歩き始めた。辻占は懲りもせずまだついてくる。

「どうしたのよ。今日の商いは」

「今朝の御籤で、『夜は明ける』って出ましたんで。そろそろ潮時かなと思いまして。あそこで立つのはやめておきやした」

静は辻占をまじまじと見た。辻占の背後には、ひとまとめにした荷物が背負われている。

「次の当てでも見つかったの」

「そっちはすぐ見つかります。辻占を求める人は、どこにでも必ずいるもんですから」

辻占の足が止まった。静はそのまま行き過ぎようとしたが、思い出して振り向いた。

「ねえ、幽霊の正体は何だったの」

棒手振が主人に不安を植え付けた張本人だったとしても、本物の幽霊を連れて来られるはずもない。ああ、あれですかい、と辻占はくつくつと笑った。

「あれは、盛りのついた猫です。季節柄、あちこちで盛んに鳴いてやがる。売れ残りの魚で集めたと言ってやしたよ。一度、味を占めた奴らがそのあとも集まったんでしょう」

静は目を点にした。猫。まさか。いや、でも。確かに、遠くで聞く分には似ているような気もする。

「人は、枯れ尾花も化物と思い込む生き物でございやすから」

小間物屋に着く前に、辻占は消えた。

八

静は裏長屋の木戸を見上げた。住人の名前が書かれた札が上がっている。その中に、目的の人物の名前があった。足を踏み込むと、静の住む弥田衛門店と似たり寄ったりの長屋が両脇に並んでいた。だが、雰囲気というか、匂いがどことなく違う。大きく異なるのは、駆け回る子どもたちの姿だろう。子どもたちは静を物珍しそうに見る。静は会釈でその間を通り過ぎた。

「三十日屋の静ですが、こちらは大工の秀《ひで》さんとおさとさんの部屋でお間違いないですか」

佐枝に聞いた部屋に見当をつけ、障子越しに声を掛ける。

「は、はいっ。ちょいとお待ちくださいっ」

慌てた声がして、どたばたと騒がしい音が続く。すぐに腰高障子が開いた。

「わざわざありがとうございます。汚ねぇところですが、どうぞ」

恐縮した様子のさとが静を招き入れる。失礼します、と言って部屋に入ると、大工道具や子どものおもちゃがあちこちに置かれているのが目に留まった。その中に風車を見つけ、静は切なく目を細めた。

「娘たちは外で遊んでまして。あの、こんなところですが、どうぞお上がりください」

先に板間に上がったさとが、今まで手にしていたと思しき繕い物を脇に寄せる。静は軽く頭を下げて上がり込んだ。

「あ、お茶を」

落ち着かない様子で立ち上がろうとするさとに、静は首を振った。

「お返事をいただいて参りました。どうぞ、お座りください」

静の前に座ると、さとは胸に手を当てて息を整えた。

「こちらが、お返事です」

さとは頭を下げるやいなや、結び文をひったくるように受け取った。

「直接、会わせていただきましたが、元気そうでしたよ」

文の筆は拙い。内容も素っ気なく元気だと伝えるだけだ。だが、そんなことは些末なことだろう。さとは目を潤ませ、短い文に何度も目を通した。

「よかった。ほんとによかった……」

目の前に静がいることも忘れたように繰り返し呟く。その姿に、静は少しだけ涙ぐんだ。けれど、これで終わりではない。静はもう一度懐を探った。

「こちらはご主人からのお詫びの文です」

静がきちんとした体裁の文を渡すと、さとは驚いて固まった。

「こちらは作っていただいた背守りの代金です」

続いて包みを差し出すと、さとがあたふたと落ち着きをなくす。

「あれは、あの子から返事をもらうためだって……お代なんて滅相もない」

「それと、こちらが、お子さんから渡してくれと頼まれた駄賃です」

更にもう一つの包みを横に並べると、さとは文と二つの包みを前に目を白黒させた。

そんなさとに、静は丁寧に説明した。主人が店を閉じていた理由と、さとの背守りで店を開ける決心がついたこと。自分の不安のせいで下男やその母であるさとに迷惑をかけたと、主人が申し訳なく思っていること。

「それ故の背守りの代金と、下男への駄賃だそうです。駄賃はお子さんに渡されたのですが、本人がおっかさんへ届けて欲しいと」

「そんな……」

さとは目を見開いたまま、声を震わせた。主人の心遣いと、子どもの成長を感じたのだろう。両目を閉じたさとは眉間に力を入れたが、堪えきれなくなったように両手で顔を覆った。静は目許を和らげ、よかったですね、と囁いた。

「お見苦しいところをお見せしました」

しばらくして、さとは顔を上げた。目の隈は変わらないが、顔色は明るい。僅かに緊張した様子で小間物屋の主人からの文を開いたさとは、あれまあ、と素っ頓狂な声を上げた。

「あの子を、奉公人に格上げするってお話が」

静も知らぬ話だ。さとは文を繰りながら、自分に言い聞かせるように続けた。

「妹がいて赤子の世話には慣れているから、生まれてくる子のお世話のお手伝いをしたいとあの子が申し出たと」

「それは、よかったですね」

突然の話に夢心地で頷いたさとは、一つ目の包みの中身を見て息を呑み、二つ目を見て、ほっとしたように息を吐いた。

二つを並べて静との間に置く。背守りの代金はそこそこの額で、下男への駄賃は静が辻占に払った二回分のお代と同じくらいだった。

「ほんに、ありがとうございました」

「そんなに畏まらないでください。こちらも商いですから」

頭を下げたさとの肩に力が入った。

「こんなこと言い出すのは申し訳ないのですが……」

床に額をこすりつけるほどに頭を垂れたさとが、声を絞り出した。

「この背守りの代金で、櫛と笄を返していただくわけにはいきませんでしょうか」

背守りの代金として小兵衛が包んだのは、あの櫛や笄を売って得られる額より多いだろう。静は僅かに目許を和ませ、そっと懐に手を差し込んだ。

「もちろん、構いませんよ」

ほっとした顔で、さとが体を起こした。こんなこともあろうかと、持ってきていた櫛と笄を差し出す。

「それでは、遠慮なく頂戴します」

二つ並んだ包みのうち、静は駄賃の方を手に取った。言葉を失うさとに、微笑みかける。

「これからも、色々とご入り用でしょうから」

顔を歪めたさとが、もう一度、深く頭を下げた。


それからしばらくして。

長屋の井戸端では、いつものように女たちの話に花が咲いていた。

「なあ、おしげさん。今、あんたと同じ大工の女房が作ったっていう背守りが人気って聞いたかい」

「聞いた聞いた。何でも子だくさんの女房で、すごい御利益がある安産守りとかも作ってるんだって」

佐枝の助言もあり、さとはあれから背守りを作って売ることにしたのだ。予期した以上に評判が良く、売れ行きはいいらしい。夫の怪我もよくなり、ほどなく家に戻れそうだと、数日前に佐枝から聞いたばかりだった。

「そのうち、子宝祈願の御守もできるんじゃないかい。おゆきちゃんも一つどうだい」

からからと笑い合うつたとしげに、ゆきが頬を染める。

「あんまりおゆきちゃんをからかわないでくださいよ」

静が口を挟むと、ゆきが静に擦り寄った。

「ほら、お静先生もこう言ってるんですから」

「ありゃ、そりゃ悪かったよ」

少し悄気た顔でつたとしげが目を見合わせた。子は授かりものだ。そうそう望んで授かれるものでもないと、静はよく知っている。望んでいるのに授かれない時、周りの他愛ない言葉が妙に重く響くことも。

「そういえば、前にお静先生がどういう人かって聞いていた、棒手振の三次さんって人なんですけど」

ゆきの口から飛び出した名前に、静は面食らった。小間物屋の話は、あれから一度もしていない。何故今頃その話が、と焦る静に気づく様子もなく、なんだいなんだい、としげが身を乗り出した。

「なんでもあちこちの市場で代金をちょろまかしたり、人の縄張りを荒らしたりが続いたらしくって。棒手振仲間から痛い目に遭わされて、もう振売りはできないようになったんだそうですよ」

静は目を丸くした。

「うちの人は、仕事熱心だって聞いてたから驚いたらしいんですけど、実は前から悪い噂があったらしくて」

へえ、とつたとしげが感心したように呟いた。

ゆきは静に近づいて、そっと訊ねた。

「それで、あのう、お静先生。例の辻占はどうなったんですか」

期待に満ちた眼差しに、静は苦笑した。

「あの辻占は、あれからあの辺りには立たなくなったみたい」

つたが抜け目なく口を挟んだ。

「そうそう。いなくなっちまって残念だって、おつるが」

「騒がしいねえ。なんだい何の話だい」

他の部屋の女房が出てきて、一気に騒々しくなる。静は騒ぎからすっと身を引いて、つたにそっと耳打ちした。

「あの、今日は、食べてきますので」

昼間、清四郎から手習い所へ使いが来たのだ。

「おや、久しぶりだね。これから出るのかい」

「はい」

ふぅん、とつたは静の様子を上から下まで眺め、頷いた。

「わかったよ。気をつけて行っといで」

「私は子どもじゃないんですから。では行ってきます」

長屋を出る静の後ろ姿は、いつもと変わらぬ華やかさのかけらもない着物だ。

「なあ、今日の先生の後ろ姿、なんだか嬉しそうじゃないかい」

「ねえ、やっぱりそう思うかい」

顔を突き合わせたつたとしげは、こそこそと囁き合った。


華膳へと向かう静を、川縁で呼び止める声がした。

「お静様」

久しぶりに耳にするのは、無骨で、愛想のかけらもない声だ。

どこか得意げな気分で足を止め、静は口許を緩ませながら声の主を振り向く。

すっかり葉ばかりになった桜が、二人の側でさやさやと風に揺れた。

第四話

亡き妻への文

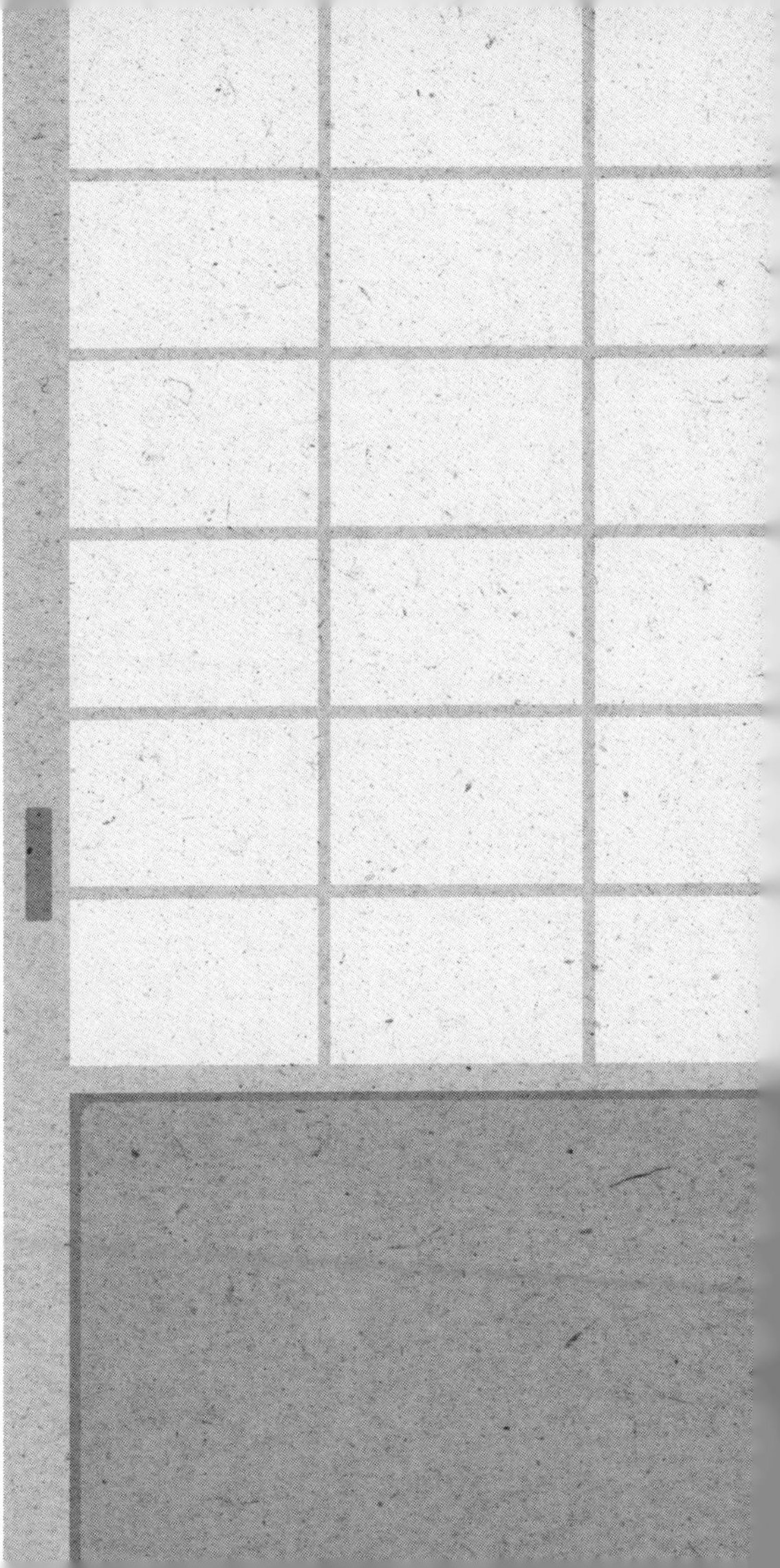

一

夏の盛りが過ぎ、残暑の厳しい秋のある朝。

井戸端や路地を掃き清めるつたの気配に、静は目を覚ました。ひんやりとした空気を頬に感じながら、寝返りを打つ。

頭が重いのは、久しぶりに見た夢のせいだ。長屋に越してきた頃は頻繁だった夢も、近頃は思い出したように見る程度だった。なのに、今日の夢には続きがあった。

自分に向けられた言葉が脳裏によみがえり、静はきつく目を閉じた。宗之助の夢は、どれだけ辛くとも見るのが嫌だとは思わない。けれど、それ以外のことは忘れてしまいたかった。静は重いため息を漏らし、夜具から出た。

「おはよう、お静先生」

いつものように掃除に励むつたは、部屋を出た静を見つけて言った。

「おはようございます」

「昨晩は珍しくうなされてたみたいだけど、大丈夫かい」

つたの気遣いに、静は淡い微笑を返した。

「ちょっと、昔の夢を見ただけですから」

つたは心配げに静を窺いながら、掃除を進める。井戸で水を汲んで、顔を洗いながら、何だか懐かしいやりとりだと思い、気づいた。

長屋に越して、そろそろ一年だ。

思い返せば慌ただしい一年だった。慣れぬ長屋暮らしに、賑やかでござかしい幼い娘たちがつどう手習いの手伝い、それと細々と続けている三十日屋の商い。

どれもそれまでの静の暮らしにはなかったのに、今は当たり前になっている。なのに今日は、何故だかそれらが自分にはもったいないもののように思えた。

「……あんな夢を見たせいね」

小さく呟いて、円の一部のような細い曲線が描かれた障子へ目を移す。そして、明るくなり始めた空を見上げた。


「おかえり、お静先生」

「ただいま帰りました。今日は本当に暑いですね」

朝晩は涼しくなったが、まだまだ昼の日射しは強い。手習いの手伝いから戻った静がそう応じるのとほぼ同時に、息を切らした声が背後から飛んできた。

「お、お静様っ」

振り返ると、苦しげに肩を上下させる小吉がいた。

「そんなに慌ててどうしたの」

「あの、お、お客様が、こちらへ駕籠で向かわれておりまして。お佐枝さんが、急いでお知らせするようにと」

小吉が息も絶え絶えに言い終わるや否や。長屋の木戸口に、突然人影が現れた。

「ここか。三十日屋があるという長屋は」

老人の大声が細い路地に響き渡った。しわがれているが迫力のある声だ。ひっと小吉が身を縮め、つたの目は点になった。

「は、はい。三十日屋はこちらでございます」

上等そうな着物に身を包んだ老爺《ろうや》は、厳めしい顔つきで静を見下ろした。

「わしは、客じゃ」

じろりと鋭い目を向けられ、静も首を竦めた。


示された静の部屋にずかずかと入り込んだ老爺は、中をぐるりと見回した。

「ふん、粗末な家じゃの」

不躾な物言いは癪に障るが、相手は客だ。静はできる限り穏やかに言った。

「それは申し訳ありません。どうぞお上がりください」

老爺は頭を下げることもなく上がり込む。帰りそびれた小吉は、土間の隅で棒立ちになっていた。

「こんな茶しかございませんが」

静が薄い茶を出すと老爺はふんと鼻を鳴らした。粗茶じゃな、と吐き捨てるように言って、中身をひと飲みする。

静は老爺の前に座り直し、改めて口を開いた。

「三十日屋の静と申します。本日はどのような御用でしょうか」

「わしは不忍池《しのばずのいけ》の近く、大門町に住む古着屋の隠居で庄蔵《しょうぞう》という。ここは、どんなものでも客が望むように届けてくれる町飛脚屋だと聞いたが」

「仰る通り、三十日屋は普通の町飛脚屋ではお届けできぬものを、お客様の望むようにお届けすることを商いとしております。お受けするには二つほど条件がございますが、そちらはお聞きに」

「条件だと」

庄蔵の声が尖る。はい、と静は落ち着いて答えた。

「一つは、普通の町飛脚屋では請け負えないと思える『曰くつき』の品であること。もう一つは、お代はお客様がご自身でその品に見合う額をお決めになることでございます。こちらも商売ですので、無代ではお受けいたしません。半分を前金で、残りは届け終わってご納得いただけた場合に受け取らせていただいております」

「代金はわしが決めてよいと」

「ご承知いただけましたら、お届けになりたいものと、送り先、そして三十日屋にお越しになったご事情をお教えいただけますでしょうか」

「これじゃ」

庄蔵は懐から一通の文を取り出した。年齢を表す骨張った手が、ぞんざいな手つきで畳に置く。

「御文……でございますね」

表書きに、おはる、と見える。

「おはる様と仰る方にお届けすればよいのでしょうか」

「返事をもらってこい」

「お返事も、でございますね」

庄蔵は次に袂を漁ると、四文銭を六枚、文の横に置いた。

「代金じゃ」

通常の町飛脚屋が江戸市中に文を届ける場合、一通で十文（約二百五十円）から五十文（約千二百五十円）ほどになる。ちょうど真ん中にあたる額に、静は眉を寄せた。

「こちらが、この文の値打ちと考えてもよろしいのでしょうか」

用心深く訊ねると、庄蔵はじろりと目を尖らせた。

「値打ちも何も、一通の文を届けるだけじゃ。お代は客が決めると言ったくせに、文句でもあるのか」

「三十日屋は、普通の飛脚には届けられないものだけを扱う店でございますが」

「さっきも聞いたわ」

宛名が書かれた文に、月並みなお代の一体何が『曰く』なのだろう。

「わかりました。では、おはる様はどちらにお住まいで」

「遠いか近いか、わからん」

「お住まいをご存じないと」

「期限は一月半ほどだ」

質問に答える気はないようだ。静は嘆息混じりに問いを重ねた。

「文をお届けするお相手はどのような方ですか」

「妻じゃ」

静が瞬くと、話は終わったとばかりに、庄蔵は立ち上がった。

「え、あの、御内儀様は一緒にお住まいでは」

急いで腰を浮かしたが、庄蔵は構わず下駄を履く。小吉が竈《へっつい》の前で震え上がった。

「住んでおらん」

「では、どちらにお住まいで。あの、もう少しお話を」

立ち上がりかけた静を、腰高障子に手をかけた庄蔵が振り返った。

「あの世じゃ」

怒った顔で、庄蔵は怒鳴るように続けた。

「その文を亡き妻へ届けて、返事をもらってこい。来月の二十六日が百か日じゃ。その前日までに、わしが納得できる返事を持ってくるのじゃ」

言い捨てると、庄蔵はさっさと部屋を出た。静が草履を突っ掛けて開け放たれた障子から外へ身を出すと、庄蔵は木戸をくぐり抜けるところだった。

つたが部屋の障子の間から様子を窺っている。

待っていたらしい駕籠かきが、表の煮売り屋から飛び出てくる。呼び止める間もなく、庄蔵は駕籠に乗っていってしまった。

「お静先生、大丈夫かい」

つたの心配げな声に返事をする余裕もなく、静は呆然と立ち尽くした。

受けるかどうかの返事もできないまま、一通の文と二十四文が残された。

二

庄蔵が去って半時（約一時間）も経たないうちに、勢いよく腰高障子が開いた。

「お静様っ、大丈夫ですか」

泡を食った声とともに飛び込んできた闖入者《ちんにゅうしゃ》に、部屋の真ん中で考え込んでいた静は飛び上がった。顔を上げると、視線の先にいたのはまさかの清四郎だった。

「ああ、びっくりした。そんなに慌てて……どうしたの」

静は大きく息を吐き出した。

「どうしたとは……悠長な」

眉間を深く寄せて肩を上下させながら、清四郎は隙のない目つきで部屋の中を見回した。華膳で顔を合わせる時とは違い、万屋の名が入った印半纏を着ているのが珍しくも懐かしい。

「小吉から聞かなかったの。今日も華膳で、と伝えてもらったはずだけど」

庄蔵が去った後、小吉は静の伝言を携えて万屋に向かった。

異状がないことを確認した清四郎は、静の変わらぬ様子に安堵の息を漏らした。

「乱暴な客だったと聞きまして。手荒な真似などされなかったかと……」

清四郎は首にかけた手ぬぐいで額を拭った。日が傾いたとはいえ、実家からここまで走れば汗もかくだろう。

「そんなに慌てなくてもよかったのに。小吉もかなり怯えていたから、上手く伝えられなかったのかもしれないけれど」

清四郎がここを訪れるのは、思い返せば家移りの手伝い以来だ。

「見ての通り何もなかったわ。少し声が大きなお客様だったけど、ほら、あの家でもよく怒鳴られていたから……どうってことないわ」

自嘲するように薄く笑む静に昔のことを思い出したのか、清四郎の顔に不愉快な色が浮かんだ。

「源左衛門様よりもお年を召された方だったし、気にしすぎよ」

話を変え静は土間へ下りた。

「年齢は関係ありません。年をとっても女子どもより力が強い男などいくらでもおります」

水瓶から水を汲んで差し出すも、清四郎の口は止まらない。

「そもそも、何のための小吉ですか。たかだか声が大きな客に竦み上がってしまうようなら、お供につけるのも今後は控えた方が」

静は苦笑して、清四郎の言葉を遮った。

「そんなに言わないであげて。小吉はまだ小さいし、あの診療所にあんな大声を出すような方はいないのだから」

「このようなことがもし続くのであれば、三十日屋を続けるかどうか、考えを改めていただきます」

「飛躍しすぎよ」

「私には大旦那様の御遺言がありますので」

清四郎はきっぱりと言った。有無を言わせぬ迫力に、静は降参した。

「今後、身の危険を感じたらすぐ外に出るわ。長屋には男衆もいるんだから、それでいいでしょう」

納得しかねる様子の清四郎に、水を押しつける。眉根を寄せたまま、清四郎は一気に飲み干し、それから、ふと入り口へ視線を向けた。

何事かと部屋を覗いていたつたが慌てて頭を引っ込め、続いて隣の部屋の戸が閉まる音が響いた。

「清四郎、障子を閉めて、もっと中に入って」

静は顔色を変え、声をひそめた。

「いえ、しかし」

「これじゃゃ、外から丸見えだから」

このままでは、明朝、女房連中の話の種になるのが目に見えている。

眉間の皺を更に深くした清四郎は、静の有無を言わさぬ雰囲気に負け、後ろ手で障子を閉めた。静はほっと息を吐いた。

「狭いけれど、上がって」

湯飲みを片付けて促すと、いえ、ここで、と清四郎は首を振った。

「じゃあ、そこでいいから座って」

上がり口を示すと、清四郎は困ったように目をさまよわせた。

「この時間なら店を抜け出してきたんでしょう。わざわざ店に戻ってから華膳に出直してもらっても時間がかかるだけだし、いいでしょう」

整然と言い立てると、清四郎は渋々上がり口に腰を下ろした。嫁ぐ前とは違い、今の静は長屋で暮らすただの手習いの手伝いだ。更に言えば、今の清四郎は三十日屋の相談役なのだから、もっと大きな態度でもいいと思うのだが、本人の中ではそうもいかないらしい。元々律儀な性質《たち》だが、難儀な性格だ。

呆れる静の目の前で、清四郎は店の名が入った半纏を脱いで、脇に置いた。

静は気を取り直し、老爺の依頼について説明した。

文の送り先が妻であること、妻は亡くなっていること、返事をもらってこいと言われたこと、期限は一月半ほどだと告げると、清四郎は難しい顔になった。

「それは、面妖《めんよう》な依頼ですね」

「そうね。でも、幽霊を探せってわけではないと思うわ」

置かれたままの文に目を落とし、春の幽霊話を懐かしく思い出す。

「何故そのように思われるのですか」

「だって、お代がとても普通だもの」

清四郎は怪訝に眉をひそめた。

「もし百両なんて大金を叩きつけられていたら、幽霊を探して文を届けろと言われてもおかしくないでしょうけど」

「一体いくら置いていかれたのですか」

低い声で問われ、静は気まずげに目を逸らした。お静様、と強く呼びかけられ、やむなく口を開く。

「それが、……これなんだけど」

文の隣の四文銭六枚を示すと、清四郎は、これだけですか、と呆れた顔になった。

「どうしたものかしらね」

「受ける気ですか。利などどこにもありませんが」

「でも、お客様よ。しかも、駕籠を使ってわざわざここまで足を運んでくださったのよ。そういう方を無下にして、商いができるわけないでしょう」

「このような額で、無理難題をふっかける相手を客と認める必要はないと考えますが」

　庄蔵が無茶を言っているのは、百も承知だ。けれど三十日屋の条件は満たしている。

「あの方の振る舞いに難があるのはわかるけれど、百か日まで一月半というのなら、御内儀様が亡くなってまだそれほど時が経ってないってことでしょう。お気持ちもまだ落ち着かれていないと思うのよ」

　静は吸い寄せられるように茶簞笥に目を移した。そこには、宗之助の形見である風車が仕舞われたままになっている。清四郎は静の視線を追って、黙った。

「それにほら、後金をいただければ、二通分にはなるわよ」

　作り笑いを浮かべると、清四郎は渋面を深めた。

「返事をもらってこいと言われているのなら、利にはなりません」

　清四郎の言い分は正しい。何か納得させる方法はないものかと考えを巡らせていると、清四郎は細く息を吐いた。

「本当に状況をおわかりですか」

清四郎の目には、静への気遣いがあった。いつだって、清四郎の厳しさは静を思うが故だ。それを改めて感じながらも、静は胸のうちの気掛かりを口に出した。

「死んだ相手に文が届くわけないってことくらい、あの方が一番よくわかってる気がするの。お客様がつけた値には、理由があるんじゃないかしら」

客は、預けるものに対する思い入れの強さをお代で見せようとする。今までの客は皆そうだった。けれど、庄蔵だけは違う。

「わかりました。しかし、客の話が正しければ、文を届ける相手はいません。どうなさるおつもりですか」

「そこなのよね……」

ただ文を届けるだけでいいのなら、たとえば墓や、相手の思い入れのある場所などに届けるという方法も考えられる。だが、今回は返事をもらってくるように言われているのだ。

「もう少しお話を聞かないと何の方針も立てられないけど、亡くなった方に文を書いていただくことはできないから、やはりどなたか他の方に書いてもらうしかないでしょう」

「それで、先方は納得されますか」

反問されて静は眉を寄せた。

「それは、わからないけど……。どちらにしても、一度お客様を訪ねて御内儀様について伺わなければ、と思ってるわ」

「客先へは私も同行します」

即答だった。

「小吉でもいいわよ」

清四郎だって暇ではないはずだ。

「あの小吉では役に立ちません。相手がどのような人物か、訪れる家がどのようなところかわかりかねますので、私が参ります」

譲る気配は微塵もない。ここは静が折れるしかないようだ。

「わかったわ」

静だとて庄蔵に一人で相対するのは気が進まない。清四郎がいれば牽制にもなるだろう。どこかほっとしながら、頷いた。


翌日、静は経緯を確認しに松原診療所へ足を向けた。

庄蔵は、診療所に三十日屋のことを尋ねてやってきたという。

――どんな文でも必ず届ける町飛脚屋はどこか、といきなり怒鳴り立てるから、びっくりしたわ。

そう言って、佐枝は苦笑した。

――私があちこちで宣伝してたから、どこかで聞いたんじゃないかしら。

真に受ける人はなかなかいないのだけれどね、と佐枝は目を和らげた。

小吉に使いを頼み、庄蔵の許を訪問する日は三日後に決まった。

三

三日後。手習いの手伝いを終えた静は診療所の近くで清四郎と合流し、庄蔵の家へ向かった。庄蔵の家は、不忍池にほど近い町屋の中にあるということだった。御徒町《おかちまち》も近く、幕臣の家がひしめき合うように並ぶ一帯だ。

「この辺りかしら」

静は道の角で足を止めた。周囲には大きな屋敷がいくつかあり、下級幕臣の組屋敷も見える。

「あそこですね」

清四郎がとある一軒を示した。大通りから中に入ったところに、町屋としては大きめの屋敷があった。

寺院などが多い場所に近いからだろうか。普段、せせこましい裏長屋で暮らしている静は、木戸門に屋敷の周りを囲む屋敷林に驚いた。

源左衛門の家屋敷もかなり大きいが、同じ敷地内に診療所もあるので違和感はない。けれど、目の前の屋敷はそれとは違い、裕福な隠居の住まいという佇まいだった。静は立派な木戸門を見上げた。

「では、戸を叩いて参ります」

清四郎が入り口へ足を向けた。


静と清四郎は女中に奥の座敷に通された。

「旦那様。何かありましたらお呼びください」

中年の女中はおどおどした様子で頭を下げ、部屋から下がった。

上座に腰を下ろした庄蔵の向かいに、静は座っていた。清四郎は同じ部屋の隅で控えている。庄蔵は清四郎を一瞥しただけで、挨拶に返事もしなかった。

「それで話とは」

庄蔵は不機嫌そうな目を静に向けた。

「先日お預かりした文について、きちんとお返事をしておりませんでしたので」

「ふん。無理だと泣きつきに来たのか。金を受け取ったのだから、今更なかったことにはできんな」

静は、いいえ、と首を横に振った。

「お受けするのにやぶさかではありませんが、もう少しお話をお聞かせいただかなければ届けられる文もお届けできません。ですので、本日は御内儀様についてお伺いさせていただこうかと」

「話すことなどないわ」

にべもなく言い放つ庄蔵に、静は敢えて表情を和らげた。

「文をきちんとお届けするには、ご協力いただかないと難しいと思いますが」

「それはお前が無能だからじゃろう」

「そう申されましても、私はただの町飛脚屋で手妻師ではございませんので、このままではお断りするしかなくなります」

「己の怠慢をわしのせいにする気か」

語気を強める庄蔵をじっと見つめた。何も言わず待つと、庄蔵の足が小刻みに揺れ始める。静は頃合いを見計らって切り出した。

「御文を御内儀様へお届けになりたいと心から思われるのでしたら、どうぞご協力をお願いいたします」

庄蔵は僅かに顔を歪めた。

「勝手に調べるのは構わん」

「本当によいのでございますか。私どもが勝手にお調べするとなりますと、御内儀様に関係する方のところへお伺いし、庄蔵様の御内儀様についてお教え願えませんか、とお聞きすることになりますが」

　大袈裟な口調で訊ねると、庄蔵の頬があからさまに引き攣った。

「きっと皆様、どうしてそのようなことを、と仰るでしょう。その際、お話を伺うために理由をお伝えする必要が出てくるやもしれません」

　庄蔵の瞼が小さく痙攣する。

「よろしいでしょうか」

　とうとう庄蔵の顔が赤くなった。肩がぶるぶると震え出す。あまり興奮すると命に関わるのではないかと心配になるほどの形相で、庄蔵は口をへの字に曲げた。

「わかったわ」

　短く吐き捨て、すぐに強い口調で畳みかけた。

「そこまで言うのなら協力してやる。しかし、わしは何も話さんからな」

「承知いたしました。では、どのようなご協力をいただけますか」

　庄蔵は思案するように、一旦口を閉じた。

「身内なら、子が二人と、あれの弟夫婦がおる。話を聞けるようにしてやる」

「御内儀様のご友人などはいらっしゃいませんか」

「あれと幼い頃から親しかったという友は、数年前に死んだ。他ももう誰も残っておらん。しぶとく生き長らえておるのはわしくらいじゃ」

庄蔵の年齢を考えるとそれも仕方ないことだろう。わかりました、と静が答えると、ふんと鼻を鳴らし、庄蔵はそっぽを向いた。

「お前の親があれに恩があり、それを知ってあれの人となりを聞きたいということにしろ。わしの依頼については、絶対に話してはならんからな」

庄蔵は脇息に体重を預け、睨みつけた。

「わしにここまでさせるのだから、どうやっても返事を持ってこい」

「心得ております」

頭を下げる静を見て、庄蔵はできるものならやってみろと冷《せせ》ら笑うように口許を歪めた。

「もう一つ確認させていただきたいことがあるのですが」

「まだあるのか」

「御内儀様は亡くなっておられますので、自ら文をお書きになることは無理でございます」

庄蔵は意地の悪い顔を浮かべた。

「あれの霊がさまよっていたとしても、筆は持てんじゃろうからな」

「ですので、どなたかに代筆をお願いすることを考えておりますが、よろしいでしょうか」

庄蔵は黙した。緊張して待つと、ほどなく答えが返った。

「わかった。それは認めてやろう。ただし、わしがあれからの返事だと思える内容だったら、じゃ」

静が心の中でほっと胸を撫で下ろすのと同時に、庄蔵は早口で続けた。

「代筆するには文を見る必要があるだろう。じゃから、文を人に見せることを許してやる。ただ、見せてよいのは一人だけじゃ」

もう一度、念を押すように繰り返した。

「いいな。文を見せるのは、一人だけじゃぞ」

「承知いたしました」

静は再び頭を下げた。誰かが書いた返事を庄蔵が妻のものと認めるかどうか。難しい問題に変わりない。だが、この世にいない相手に文を書いてもらうことを考えれば、見込みはある。

話は済んだとばかりに庄蔵は視線を外した。静は立ち上がろうとして、動きを止めた。

「そういえば、御内儀様は何故亡くなられたのですか」

無視されるだろうと思ったが、庄蔵は冷ややかな目を静に戻した。

「あれは、わしが殺した」

今までになく落ち着いた口調だった。

「それはどういう……」

「そのままの意味じゃ」

言い捨てると、庄蔵は静たちを追い払うように体の前で手を振った。


「ちょっとよろしいですか」

玄関まで先導してくれる中年の女中に、静は歩きながらそっと話しかけた。

首を傾げた女中は、何でしょうか、と応える。

「こちらは長いんですか」

庄蔵と妻について知るには、まず身近にいる女中の話からだ。

「旦那様が隠居された二十年ほど前から勤めさせていただいております」

「では、御内儀様のこともよくご存じで」

ええ、と頷きながら女中は涙ぐんだ。

「大変良くしていただきました」

「御内儀様はどうしてお亡くなりになったのですか」

まさか、旦那様が御内儀様を殺したと言われたのですが、本当ですか、とも訊けない。控えめに問い掛けると、女中は遠くを見た。

「水無月半ばの、暑い日のことでした」

女中は表情を陰らせ、感情を抑えた声で続けた。

「わたしはこちらに通わせていただいておりまして、その日もいつものように参りました。すると、大声で叫ぶ旦那様の声が聞こえまして。部屋へ向かうと、おかみさんが倒れていらっしゃいました。旦那様は取り乱しておられ、わたしが慌てて医者を呼びに行ったのですが、間に合わず……」

「では、ご病気で」

「はい。お医者様は疝癪《せんしゃく》（胸や腹などが急に差し込んで痛む病気）だと仰いました。おかみさんも七十を超えられていて、お年もお年でしたから」

その時を思い出したのか、女中はそっと目を伏せた。

「では、庄蔵様が何かなさったようなことは……」

きょとんと女中は顔を上げた。静は急いで言い繕った。

「いえ、とてもせっかちなお方のようですので、御内儀様のご心痛も多かったのではないかと……」

腑に落ちたのか、女中は曖昧な微笑を浮かべてみせた。

「旦那様のご気性があぁですから、確かに色々と気苦労も多くていらっしゃったとは思いますが、おかみさんも負けずお気の強い方でしたので」

今度は静がぽかんとする番だった。

「そうなのですか」

あの庄蔵の妻だというから、諾々と夫に従う物静かで大人しい妻を想像していたが、当ては外れたようだ。

「二人でよく旦那様の悪口を言っておりました」

懐かしむように呟いた女中は、そっと袖先で目尻を拭った。

「これを機にお暇《いとま》をいただこうとも思ったのですが、お子様方にも是非にと頼まれまして……。今はおかみさんのご恩に報いるためにも、微力ながら旦那様に仕えさせていただいております」

良くしてくれた妻を偲ぶ女中に、死因を怪しむ様子は見られない。では、庄蔵は何故あんなことを言ったのだろう。疑問を残しつつ、静は話を変えた。

「お子様方は、こちらへはよく」

「おかみさんがお亡くなりになる前はたまにいらっしゃいましたが……今は、なかなか」

女中は明らかな苦笑で言葉を濁した。庄蔵のあの態度を見れば、子どもが寄りつかないのは然《さ》も有りなんといったところだ。

「どのような方々なのですか」

「お子様といっても、わたしと変わらぬお年でいらっしゃいますが、上の安二郎《やすじろう》様は旦那様の跡を継いでお店の方に、妹のお菊《きく》様は大伝馬町の瀬戸物屋に嫁がれて、今はお子様夫婦とお孫様に囲まれてお過ごしです」

女中の話を聞く限り、これといって懸念すべき点もないようだ。女中に礼を伝えると、静は丁寧にお辞儀をして屋敷を出た。

「清四郎は、どう思う」

「あの主人の最後の言葉ですか」

静が頷くと、やや考えた様子で清四郎は答えた。

「女中の話からすると、大袈裟な物言いの一種かと。念のため、確認しておこうと思いますが」

「何か当てがあるの」

「まあ、そこは。しかし、いくら代筆の合意がとれたところで、此度の依頼が難題であることに変わりはありませんが」

「わかってるわよ」

静は前を向いて口を尖らせた。

「何を持っていこうと、違うと言い切られてしまってはお手上げですから」

「代筆でいいと仰ったんだから、御内儀様の代わりにお返事を書ける方をきちんと見定めることができれば差し支えないでしょう」

段取りは整いつつある。何と言っても、あの庄蔵から代筆の許可と身内に会わせてもらう約束を取り付けたのだ。

「知らせが来たら、使いをやるわ。庄蔵様の紹介客という扱いになるから、私一人で大丈夫とは思うけれど」

「そうですね。小吉や私を伴うと違和感を持たれかねません」

静は覚悟を決めて、前を見た。

「まずは御内儀様がどのような方だったか話を聞いてくるわ。それから、どなたに代筆をお願いすればいいか、見極めないとね」

静の横顔に、清四郎は目を細めた。

「ご健闘をお祈りします」

四

庄蔵から手はずが整ったと知らせが届いたのは、屋敷を訪れた数日後だった。

「お静先生、おかえり。どこかの女中さんが文を持ってきたよ」

静は礼を言って、つたから文を受け取った。

「そういえば、この前のぴしっとしたいい男はもう来ないのかい」

「そういう相手じゃないって、何度も言っているじゃないですか」

静はややうんざりとしながら答えた。清四郎が慌ててやって来た日の翌朝、静は長屋の女房連中に囲まれた。昨日の騒動は何だ、あの男は誰だ、と女房たちはにやにや笑いで迫った。横柄な老爺より、そのあと長屋に駆け込んで来たいい年の男の方が皆の気を引いたらしい。ちょっとした昔馴染みで、と誤魔化したものの、誰もが思い出したように話題にするのだ。

「ちょうど留守にしてたおしげさんが見たいってうるさくてさ。いい人じゃなくったってさ、古い付き合いに違いないんだろ。また遊びに来てもらえばいいじゃないか」

何度も繰り返した答えを、もう一度口にする。

「あの男は忙しいので、無理です。そもそもこの一年、一度も見たことなかったでしょう」

「じゃあ、なんであの日はあんなに血相変えて飛び込んできたんだい。あれだろ、その前に来た横暴な爺《じじい》のせいだろ。本当にただの知り合いなのかねえ」

意味ありげな視線を向けられ、静は押し黙った。清四郎が静を気にかけているのは父の遺言があるからだが、そんな話をすれば余計にややこしくなる。

「とにかく、文、ありがとうございました。夕餉もお手数をおかけしますがよろしくお願いします」

つたはわかったようににやりと笑い、引き下がった。

「先生は毎日毎日、律儀だねえ。少しは、今日の飯《めし》はまずかったとか言ってくれてもいいんだよ。何たって、こっちは材料のお代だけじゃなく手間賃ももらってるんだから」

「手間賃は当たり前です。米も炊けないのは私なんですから」

苦笑いで静は部屋へ入った。一年前、米さえ満足に炊けない自分に驚いたのが懐かしい。あれから、ずっとつたに世話になっている。

――困ったことがあったら何でも言っておくれ。

最初はその言葉が重荷だったが、今はありがたさが身に染みるばかりだ。手習いの手伝いと並んで三十日屋として商いができるのは、つたがあれこれ世話を焼いてくれるお陰に他ならない。

文を開くと、前置きも何もなく、人の名と庄蔵との関係、それに会う日時と場所が書かれていた。傍若無人な筆跡がいかにも庄蔵らしい。

並ぶ名を前に、静は気を引き締め直した。

それから二日後の朝四つ（午前十時頃）。事前に承諾を得て手習いの手伝いを休んだ静は、深川の寺が建ち並ぶ辺りにある裏長屋を訪れた。

庄蔵の妻、はるの弟の久万吉《くまきち》と妻のよしは、温和な老夫婦だった。

裏長屋には珍しい二間《ふたま》ある部屋が、二人の住まいだった。招き入れられた静は、入り口でまず手土産と心ばかりの御礼を渡すと折り目正しく頭を下げた。

「突然申し訳ありません。この度はご迷惑をおかけします」

「まあまあ、ご丁寧にありがとうございます」

よしは年の割りにはっきりとした口調で言った。

二人には子がおらず、訪ねてくる人もほとんどないという。なので、珍しい客に少し浮き足立った様子だった。

「私の二親が生前、おはるさんにお世話になったと最近知りまして。おはるさんがどのような方だったのかお聞きしたく、庄蔵さんのご紹介をいただいてお伺いしました」

促されて部屋に上がった静が言いつけ通りの説明をすると、久万吉夫婦は、おやまあそんなことが、と目を見張った。

「わしらの二親は、亀戸天満宮の近くで小さな店をしていたと聞いています」

静がはるについて訊ねると、久万吉は話し始めた。

「小さな店ながら、四人の子を育てるのに不自由ない程度には繁盛していたそうです」

だが、順調だった商売は末っ子の久万吉が生まれて数年で駄目になったという。口が上手い輩に騙され身代を取られたのだ。その後すぐに父親が病で亡くなり、後を追うように母親も亡くなった。大工見習いをしていた一番上の兄の稼ぎで残りの兄弟を養えるわけもなく、二番目の兄は十三で下働きに出され、八歳のはると五歳の久万吉は親戚の家に引き取られた。

「わしは小さく、親戚の家で肩身が狭い思いをする前に奉公に出されましたが、姉は家の手伝いをさせられていましたので、気も遣ったろうと思います。ただ、年の近い友達もおり、それなりに楽しく過ごしておりました。吾妻橋近くの献残屋《けんざんや》の娘さんで、確か、おふゆさんといったかな。奉公に出るまでは、よく二人の後ろを追って走り回りました」

懐かしむように久万吉は目を細めた。

静の親が亡くなったのは、静が嫁いだ後だ。それでも胸に穴が開いたような喪失感は大きかったのに、幼い時分に親を亡くし、親戚の家で暮らすのはどれほど心細かっただろう。静は遠い昔に思いを馳せた。

「とにかく姉さんは気が強く、わしはよく泣かされました」

困った顔で額をかく久万吉を尻目に、本当に気の強い人で、と語気を強めたのは、妻のよしだった。

「何かあったんですか」

「そりゃあ、もう色々とね。あたしゃ、夫婦の挨拶に行った時のことは死ぬまで忘れませんから」

「おい、そんな話までやめないか」

慌てふためいて久万吉が止めに入り、よしは不満げに押し黙った。事情はわからないが、夫婦の挨拶なら少なくとも数十年前の話のはずだ。それを未だに死ぬまで忘れないと言うからには、余程のことがあったのだろう。庄蔵もかなり癖があるが、はるもなかなかだったようだ。

「久万吉さんは、庄蔵さんとおはるさんの馴れ初めをご存じですか」

静が訊ねると、よしがぱっと顔色を変え、身を乗り出した。

「それは、あたしも詳しく聞いたことないよ」

久万吉は顎に手を当て、眉根を寄せた。

「気は強いが器量がいいと評判になった姉さんを庄蔵さんが見初めた……と耳にしたことはあります。ただ、わしは奉公に出た後のことなので、詳しくは」

「それだけじゃよくわかんないじゃないかい。もう、つまんないねえ」

よしは悔しげに顔をしかめた。それが清四郎のことをあれこれ探ろうとするつたや長屋の女房連中と重なり、静はこっそり苦笑する。

「あの庄蔵さんがおはるさんをねえ……。どうやって言い寄ったんだろうねえ」

下世話な口振りの妻を、夫は呆れたように眺めた。

「あの人も昔は苦労してたから、今とは多少なりとも違ったんじゃないか」

「庄蔵さんが、苦労されたんですか」

「ああ、確か庄蔵さんも親がいなくてね。商いも振売りから始めた人だよ。姉さんと夫婦になった時分は、古着や着物の切れ端なんかを売り歩いていたはずだ。しばらくして柳原《やなぎはら》に床店《とこみせ》を出すまでになったと思ったら、あっという間に日本橋の富沢《とみざわ》町《ちょう》に小さい店を構えたんだ。たいしたもんだよ」

店を持たない古着屋がひしめく柳原に、多くの古着屋が軒を連ねる日本橋の富沢町、どちらも古着といえばすぐに頭に浮かぶ名だ。

驚きのあまりぽかんとした静に、久万吉は優しく微笑んだ。

「今の庄蔵さんからは想像もつかないだろうね」

てっきり、庄蔵は元々羽振りのいい店の息子で、幼い頃から甘やかされて育ったように思い込んでいた。静などには思いもよらぬ苦労もあったのだろうと考えると、勝手に決めつけていたことが恥ずかしくなった。

「でもさ、おはるさんにとっては、庄蔵さんが商いで成功して幸いだったね」

静が首を傾げると、よしは声をひそめて顔を寄せた。

「何てったって、おはるさん金遣いが荒かったからね。見る度に新しい着物でさ」

「およし」

久万吉がきつい口調で名を呼んだ。よしは首を竦め、お茶を濁すように薄く笑った。隣の久万吉が苦い顔で黙り込む。ということは、はるの財布の紐が緩かったのは事実なのだ。

よしが何十年と引きずる出来事に、金遣いの荒さ。気が強いとは聞いていたものの、はるの人柄がどんどんわからなくなっていく。妻への文に二十四文しか出さない庄蔵が、妻の金遣いの荒さを許していたというのは信じ難いが、惚れた弱みだったのだろうか。

だが、女中ははると庄蔵の悪口を言い合っていたと話していたし、庄蔵の今の態度を見ても妻に弱かったようには思えない。

「でもねぇ、こっちが困ってる時はすぐ助けてくれたし、情には厚い人でしたよ」

よしは夫の機嫌を取るように、けれどまんざら嘘でもなさそうに言った。

「この度は、お話を聞かせていただき、ありがとうございました」

色々と昔話を聞かせてもらった静が頭を下げると、二人は名残惜しそうに顔を見合わせた。

「久しぶりに姉さんの話ができて、嬉しかったよ」

老夫婦に見送られ、通りに出た静は大きく息を吐いた。はるがどういう人か少しはわかったが、どの話も久万吉夫婦から見た思い出話が主で、はるの胸中が垣間見えるようなものではなかった。

「でも、次はお子様方だしね」

もっとはるの内面に踏み込んだ話が聞けるだろうと、静は気を取り直した。

五

翌日、静は日本橋の富沢町にある古着屋を訪れた。

そこそこ広い間口の上には大黒屋という看板が堂々と掲げられている。軒暖簾の左右には人目を引くように古着がずらりと並んでいた。

「ここはものがいいから、ちょっとばっかし値が張っても買っちまうんだよねえ」

「でもさ、長持ちするから損はないだろ」

長屋住まいの女房連中と思しき何人かが、連れだって店を出てきた。

江戸は人が多く、活気に溢れた町だ。地方からやってきた者であろうと、才覚一つで大店の主人にだってのし上がることができると言われる。

しかし、本当に振売りから店を持てる者など、そう多くはない。せいぜい表に店を出せれば十分だ。日本橋に店を構え、それを子へ受け継げるほど繁盛させられる者など、数えるほどだろう。

僅かな間にも頻繁に出入りする客を横目に、静は店の前を掃除する丁稚に近づいた。


「お待たせしました」

座敷に通されて小半時（約三十分）ほどが経った頃、慌ただしい様子で一人の男が部屋に入ってきた。大黒屋の主人、安二郎だ。

「兄さん、遅い」

文句を言ったのは安二郎の妹、菊だった。菊は今日、静に会うためにわざわざ大黒屋へ来ていた。

「こちらこそ、お忙しい中、ありがとうございます。庄蔵様にご紹介いただいた静と申します」

ここに通された際に、菊にしたように頭を下げる。

「あ、手土産と御礼までいただいてるよ」

菊は自分の前に置かれた菓子箱と包みを示した。

「それはどうも、お気遣いいただきまして。私は大黒屋の主人、安二郎と申します」

菊の隣に腰を下ろした安二郎は、穏やかに微笑んだ。庄蔵のように横柄な主人が出てくるのではと予想していたが、息子の安二郎は柔和な人物のようだ。

ほっそりとした体つきは、線の太い庄蔵とはまったく似ていない。逆に、着物の上からでもしっかりとした体つきがわかる菊の方が、どことなく父親を彷彿とさせる。

二人は四十半ばから五十くらいで、どちらも年相応に落ち着いていた。

「父から用件は聞いておりますが、今日は亡くなった母についてお聞きになりたいと」

安二郎に訊ねられ、静は手をついて頭を下げた。

「私の二親が、おはる様に大層お世話になりまして。よろしくお願いいたします」

「わかる範囲のことでしたら何なりと」

穏やかな安二郎の言葉に甘えて、早速本題に入る。

「おはるさんはどのような方でしたか」

安二郎は懐かしげに目を細め、隣の菊は渋面《じゅうめん》を浮かべた。

「とても優しい母でした」

「厳しいおっかさんだったよ」

真逆の回答に二人を見比べる。安二郎と菊はお互いに言い合った。

「お菊はおとっさんと気性が似てるから」

「おっかさんは兄さんに甘かったから」

言い返そうと口を開きかけた安二郎が、静が呆気にとられているのに気づいた。ばつが悪そうに、鬢を掻く。

「これは、お見苦しいところをお見せして、申し訳ありません。母が亡くなってもう二月です。天寿を全うしたと思えば、昔のことは遠い思い出でした。なあ、お菊」

声に湿っぽさはなかった。菊は苦い笑みを小さく口の端に刻み、大らかに頷いた。

「ああ、そうそう。もう過ぎたことだったね」

恨み言も含めて積もる思いは色々あるのだろうが、すべて呑み込んだような兄と妹に、静は微笑んだ。

「情の深いお母様だったのですね」

安二郎は目を細め、はい、と短く答えた。そんな兄を見て、菊が微笑とも苦笑ともつかない笑みを浮かべる。

「そのせいで、色々と揉めたりもしたもんだけどね」

兄と妹はしんみりと目を合わせた。

久万吉とよしの話では、破天荒な印象があったはるだが、亡き母を心から偲ぶ二人を見ていると、どのような母親だったのか、わかるような気がした。

「おはるさんと庄蔵さんはどのような夫婦でいらっしゃったんでしょうか」

庄蔵の名を耳にした途端、二人の顔が渋くなった。先ほどとは違う様子で目を見合わせ、重苦しいため息を漏らした。

「おとっさんは、母が亡くなってから更に意固地になって、扱いづらく……まあ、昔からいつも威張り散らしていて、母は辟易しておりました」

「喧嘩相手がいなくなって、もっと意気消沈するかと心配してたのに、却って居丈高になったくらいだしねぇ。おっかさんがいなくなって、清々《せいせい》したとでも思ってるんじゃないかってくらいだよ」

安二郎が苦笑を深くし、菊は大きく顔をしかめる。

「ずっと喧嘩ばかりの二人でした。諍いの元を作るのはもっぱら父でしたが」

「おっかさんも負けず劣らず言い返してたけどね。おとっさんへの腹いせか、好き勝手してたしさ」

何のことだい、と安二郎が首を傾げた。

「ほら、着物に帯に簪にって、形見分けで大層な量が出てきたじゃないか。けちなおとっさんがおっかさんの金遣いに関しては文句を言わなかったのだけは、今でも不思議だね」

「それは確かに。子どもには饅頭一つにも、あれこれうるさかったのにね」

安二郎が眉根を寄せると、そうだろう、と菊が応じる。

「庄蔵さんはお子様方にも厳しい方だったのですか」

静の問い掛けに、安二郎は少し表情を和らげた。

「私が幼い時分、父はまだ柳原で床店をやっていて、いつも忙しそうでした。そのためか、顔を合わせるといつものろいと怒鳴られ、恐ろしいばかりで……。でも、同じ男として、振売りから店をここまでにしたことは、心の底から尊敬しています。跡は継ぎましたが、私は店を維持することで精一杯で」

安二郎は、心の底からそう思っているように、感慨深げに言った。

「あんなおとっさんだけどさ、金の使い方はうまかったもんね。いいものを仕入れるためには金を惜しまず、売る時は無駄に値をつり上げも下げもせず、きっちりもらうって狡《こす》っ辛いところがよかったんだよ。兄さんもそうすればいいんだって」

遠慮のない物言いで菊が小鼻をうごめかす。

「言ってできるんだったら、誰だって大店の主人になれてしまうじゃないか」

安二郎は弱く笑った。

「おっかさんは、よくあんなおとっつさんと死ぬまで連れ添ったもんだ」

「そうだね」

感心したような菊に、安二郎が同意する。

「おとっつさんがもうちょっとおっかさんに優しかったら、家の中ももっとのどかだったのに」

「それは無理だろう」

懐かしい日々を思い出すように、二人は苦笑した。

「どうしてお二人が夫婦になったか、ご存じですか」

はるの庄蔵に対する思いをよく知っているのはどちらか、手がかりを欲して訊ねると、二人は一度黙った。

「おとっつさんに押し切られたと、母から聞いたことはありますが」

安二郎の言葉に菊が首を振る。

「言い寄られたおっかさんが、おとっつさんの商才に目を付けたんじゃなかったっけ」

ここでも二人の意見が異なり、静は頭を抱えた。二人に会うまでは、娘の菊がはるに近しかったのではないかと見込んでいたのだが、そうでもないようだ。ならば安二郎が……と思ってみても、それも違う気がする。もちろん、どちらも偽りを語っているわけではない。

「どちらにしても、おっかさんの度量が広かったんだよ」

ひそかに困り果てる静に気づかず、二人は結論に至ったようだった。

「こんなので、お役に立てましたでしょうか」

見送りに出た安二郎に不安げに問われ、静は、ええ、と微笑んで店を後にした。

穏やかに答えたが、道を行くにつれ顔が険しくなるのが自分でもわかった。久万吉夫婦と同じく、二人はそれぞれの思い出を語っただけだ。父母に対する思いは感じられたが、はるの代筆ができるかどうかとは違う。

「でも、他に当てはないし……」

庄蔵に紹介された相手はこれですべてだ。話を聞ける相手はもういない。弱った静が長屋に戻ると、言付けが二つ届いていた。

一つは女中が届けたという庄蔵からのもので、もう一つは清四郎からの呼び出しだった。

六

華膳は、今日も盛況だった。

「あら、お静さん。今日も待ち合わせ」

頷くと、華膳の女将おもとは静を二階の座敷に通した。

「清さんももうすぐ来るでしょう」

それならばと料理は待ってもらうことにして、静は腰を落ち着けた。

誰もいない部屋で懐から文を取り出す。書かれているのは簡潔な一文だけだ。

――状況を報告しに来い。

傍若無人などっしりとした筆跡に、ため息が漏れた。

ようやく話を聞き終わったばかりだと、日時を指示してよこした庄蔵は知っているはずだ。

静が得たのは、庄蔵とはるがどのような夫婦だったかと、四人のいずれもはるの代筆は難しそうだという感触だけで、報告できることなど何もない。

「そうはいっても、呼ばれたら行くしかないわよね」

こぼしたところで、清四郎が現れた。

「お待たせしました。料理がまだとのことでしたので、女将に頼んでおきましたが」

「ありがとう。今日はちょうどよかったわ。これが届いたの」

嫌なことは先に終わらせようと、庄蔵の文を清四郎に渡す。簡潔な内容に、清四郎も苦笑いを浮かべた。

「どうされますか……とは、聞くまでもないですね」

静は肩を竦めてみせた。

「気は進まないけれど、明日行こうと思って」

「わかりました。私も都合をつけておきます。手習いの後に、この間と同じところで待ち合わせでよろしいですか」

「手間をかけさせて申し訳ないけど」

「これも私の役目ですから。此度のお足は期待できないようですが」

ちくりと苦言を忘れない清四郎に、静は顔をしかめて弁解した。

「できるだけ後金を弾んでいただけるよう、頑張るから」

女中が膳を持ってきた。今日は菜飯に白身魚のつみれが入った汁物、それに蓮根の白和え、長芋と椎茸の煮物が並んでいる。葉月も半ばを過ぎ、昼の暑さも徐々に和らいできた。温かいものが美味しくなる季節に入ったことを感じさせる献立だ。

「いただきましょう」

静が促すと、清四郎は足を崩し、汁物に手をつけた。

「おはるさんの弟さん夫婦とお子さん方に会ってきたわ」

四人から聞いた内容をかいつまんで話した。

はるの生い立ち、子どもから見た親の印象、それから庄蔵とはるの関係がどのようなものだったのか。話を聞いた清四郎は、箸を置いて頷いた。

「こちらでも屋敷の周りで少し調べてみましたが、二人は犬猿の仲だと評判だったなど、似たような話ばかりです。それと、庄蔵様のお宅に出入りしていた町医者が源左衛門様の弟子医師のお一人だとわかったので、お口添えをいただきお話を聞いて参りました」

「あら、そうなの。それで」

「おはる様が亡くなられたのは、病のためで間違いないそうです。ただ、突然だったためか、取り乱した亭主に持病を見落としていたのではないか、すぐに生き返らせろと詰め寄られた、と仰っていました。もちろんどうしようもなく、そう告げると呆然としていたと」

あの庄蔵が取り乱す姿は想像がつかない。静が見る限り庄蔵に気落ちした様子はなかったし、安二郎や菊もそう語った。だが、女中は医者と同じことを言っていた。今は何でもないように装っているが、余程、思いもよらないことだったのだろう。

「あの言葉は……助けられなかったという後悔なのかもしれないわね」

静は少し開けられた窓の障子の外へ目を移し、呟いた。目の前で妻が倒れたのだ。もっと早く気づいていたら、もっとこうしていたら、と様々なことが庄蔵の頭を過ぎったはずだ。その身を切られるような焦燥は、静にも覚えがある。

遠くを見る静の横顔を、清四郎は無言で見つめた。

喧嘩ばかりしていたというが、それでも庄蔵は妻を思っていたのだ。庄蔵は一体何を思い、文を書いたのだろう。これまでの礼か、詫びか、それとも静には思いもつかない他の何かなのか。

庄蔵が商いで得た金を好きに使っていたというはる。もしかしたら、二人はそれなりにうまくやっていたのかもしれない。

だから、二人の子はああやって昔の話をすることができる。

「他におはるさんに近い人が誰かいなかったか、明日庄蔵さんに訊いてみるわ」

はるの友達は既にないと庄蔵は言ったが、もしかしたら近い身内などがいるかもしれない。あの四人以上にはるに近い人物がいるとは思えないが、何か手がかりだけでも欲しい。庄蔵が納得する返事を、届けるために。

「それに、やっぱり庄蔵様の口からおはる様のこともお聞きしたいわ……」

そんなことができるのか、とでも言うように、清四郎がちらりと目を上げた。

率直に訊ねたところで、一蹴されるのはわかっている。けれど、庄蔵の本心が少しでもわかれば、代筆を誰に頼めばいいのか、もう少しはっきりするような気がするのだ。

「難しいのはわかっているのだけど、ね」

小さなため息を漏らし、静は蓮根の白和えを口に運んだ。ほのかに優しい味が、どこか寂しく胸に染みた。


前回と同じ部屋に通された静は、庄蔵を待った。一晩考えたが、結局、いい案は浮かばないままだった。

「やってきおったか」

庄蔵が横柄な物言いで部屋に入ってきた。足音も荒く、静の向かいにどすんと腰を下ろす。今日も、部屋の隅に控えている清四郎には目もくれない。

「呼ばれたので、参りました」

静が背筋を伸ばして頭を下げると、庄蔵はふんと鼻を鳴らした。

「首尾はどうじゃ」

「おはる様の弟の久万吉さんと、お子様方にお会いしてきました」

「そんなことはどうでもいい。返事の当てはついたか」

「それは、まだ」

庄蔵は苛立ちを隠さず舌打ちした。静は慌てて言葉をつないだ。

「しかし、庄蔵様とおはる様がどのような夫婦だったのか、多少わかりました。喧嘩が多いと言われていたようですが、それでもずっとお二人は一緒にお暮らしでしたし、お子様方も」

「ふん。弱腰の息子に、気の強さだけはあれに似た娘か。どうせろくなことは言うまい」

「いいえ、お二人とも、庄蔵様を尊敬していらっしゃいました」

「口だけじゃ」

「そんなことはありません」

安二郎と菊のやりとりが思い出され、静は思わず強く否定した。思いもよらなかったのだろう、庄蔵はとっさに口籠もり、遅れて目に角を立てた。

「わしの子に生まれついたが運の尽きとでも言っておっただろう。どうせ、あれも、わしと夫婦《めおと》になったことを間違いだと思っておっただろうしな」

語気の強さに気圧されかけた静は、怖じ気づく心を押さえつけて声を出した。

「そんなことは一言も仰っておりません。それに、お話を伺う限り、おはる様はお子様にも恵まれ、幸せにお暮らしだったと――」

静の発言に、庄蔵が目を見開いて固まった。次の瞬間、突《とつ》として怒声を上げた。

「お前は何を聞いてきたのじゃ」

今までにない大音声だった。僅かに腰を上げた庄蔵の頬は、上気していた。静が言葉を失っていると、庄蔵は震える声で言った。

「お前は、おはるにでもなったつもりか」

きつく睨めつけられ、背筋が凍った。

「い、いえ、そんな……」

「どうせ、うまく文の返事を用意できると思っておるんじゃろう。安二郎かお菊に返事を書かせて、それで満足するつもりだろうが、そうは問屋がおろさんぞ。あやつらに、あれと同じ返事が書けるものか」

余りの気迫に、声が出ない。

「妻に死なれたわしを哀れだとでも思っておるんだろうが、わしは清々しておる。

その心持ちをあの文に書いたのじゃ」

庄蔵はどんと足を慣らして立ち上がった。老爺とは思えぬ迫力に、体が自ずと後ずさった。

「知り合いの小間物屋の話を聞いて期待したわしが馬鹿じゃった。隠れ町飛脚屋とはその程度か。……わかった。わしを納得させる返事を持ってこなければ、三十日屋を札ももらわぬ違法な飛脚屋だとお上に申し出てやる」

静は目を剝いた。背後で清四郎が体を硬直させる気配がした。

庄蔵は今までで最も荒い足音を響かせて、部屋を出ていった。

庄蔵が去った場所を見たまま、静は力なく畳に手をついた。

「清四郎……ごめんなさい」

みっともなく声が震えた。涙も出ない。

何が庄蔵の逆鱗に触れたのかは、わからない。けれど、静がはるを幸せだったと安易に決めつけたことに激怒したのはわかった。

庄蔵の言う通りだ。自分は安直に代筆できる者を探そうとしていた。

己の浅はかさに、胸が苦しくなった。

しかも、庄蔵を納得させる返事を持っていけなければ、実家にも迷惑をかけることになってしまう。長屋にいられなくなる可能性も頭を過ぎり、全身から血の気が引いた。

「まだ、時はありますから」

ひそやかな声とともに肩に触れられ、静は頭を上げた。

振り向くと、清四郎が近くにいた。切れ長の目は、力を込めて静を見据えている。

けれど、その顔色はいいと言えるものでなく、動揺を押し隠しているのがわかる。

なのに双眸に咎める色はかけらもない。それが却って、胸の奥底に軋むような痛みを引き起こした。

「……そうね。ご納得いただける返事を持っていけばいいのよね……」

そんなことができるとは、思えなかった。顔が歪むのを見られたくなくて、静は俯いた。

「お静様なら、きっとできます」

肩を摑む指先に力がこもった。そんなことない、と吐き出しかけて呑み込んだ。

庄蔵にも清四郎にも申し訳なく、顔を上げられなかった。

その日の別れ際、静は告げた。

「これ以上迷惑はかけられないから、しばらく動かないで」

何かを言いかけた清四郎を置いて、静は一人長屋へ戻った。

七

――宗之助っ。

声にならない悲鳴が頭に響き、柔らかで鈍い音が他のすべてをかき消す。

これは夢。そして、うつつだ。夢の中で、静は思った。

いつもなら、ここで目が覚める。

なのに、場面がくるりと変わる。また続きだ、と泣きたいような気持ちが胸に湧き上がった。

数年を暮らしても馴染めなかった家が見えた。

――役立たずの嫁など消えろ。とっとと出ていけ。

鋭く喚き立てられ、言いようのない絶望に身を震わせる。――これは夢だ。どこかでそう思いながら、静は目を覚ました。

ぼんやりと視界が明るさを増していくにつれ、周囲の様子がはっきりとした。長屋の自分の部屋だった。

腹の底から安堵が込み上げ、静は両手で顔を覆った。大きく息を吐きかけ、事態は何も変わっていないことを思い出し、体が固まった。

庄蔵の屋敷を訪れてから、五日が過ぎた。

井戸や路地を掃除する外の気配が耳に届き、静は重い寝返りを打って壁を向いた。

庄蔵の家から長屋に戻った夜は、まんじりともできなかった。翌日の手習いの手伝いでは、いつもならやらないへまを繰り返し、昼には帰るように言い渡された。

ここでもろくに役に立てないのだ、と塞いだ気分で部屋に入った。

その夜はうとうとと眠り、あの夢を見て飛び起きた。夢は、今朝と同じで続きがあった。じっとりと汗をかいた体に、冷えた夜気がまとわりついた。

庄蔵がやって来た朝もそうだったことを思い出し、ぶるりと身を震わせた。

翌日から何とか手習いの手伝いには戻ったが、毎夜、同じ夢を見るようになった。

――期待したわしが馬鹿じゃった。

夢の中の声に重なるように庄蔵の声が耳によみがえり、静は夜具をかぶった。

庄蔵に納得してもらえる返事を届けたいと思ったのに、当の本人の思いを推し量ることさえできていなかった。長く連れ添った妻を亡くしたばかりの庄蔵が、ただ気丈でいたわけがない。そんなことにも思い至らなかった。

つたの掃除の音が終わりに近づく。今日も、手習いの手伝いはある。

静はのろのろと布団を出て、着物を整え、いつもの表情を作ってから腰高障子の心棒を外した。障子の隅に書かれた円の一部を表す線に、気鬱が増した。

「おはよう、お静先生」

早朝からつたはいつもの元気な笑顔だ。

「おはようございます。おつたさん」

笑みを浮かべてみせたはずなのに、つたは表情を曇らせた。

「先生、大丈夫かい。隈も酷いし、すごい顔色だよ」

口許に力を入れ、何とか口角を持ち上げる。

「寝不足なだけですから」

「もう四、五日顔色が悪くなる一方だよ。何かあったのかい」

つたが眉間の皺を深くした。静は力なく首を振った。

「商いで、ちょっとしたことがあっただけですから」

「ちょっとじゃないだろ」

つたの問い掛けに、静はぐっと言葉を呑み込んだ。

「あたしじゃ、何の役にも立たないだろうけどさ。何でも言ってくれていいんだよ」

声をひそめるつたの温かな眼差しを直視できず、目を伏せる。

気遣いに満ちた声が、辛かった。放っておいてくれ、と一年前なら言っただろう。

だが、そんなこと、もう言えない。

「商いとかあたしには難しいことはわからないけどさ。でもね、先生なら大丈夫だから」

「そんなこと、ないです」

思わず強い口調になった。つたが声を途切れさせる。心の底から申し訳なくなり、まくし立てた。

「そんなに言ってもらえるほど、私はたいしたことができるわけじゃないんです。おつたさんは、私を買いかぶってるから」

静は下を向いた。妙に遠くに見える地面が、ゆらゆらと揺れた。

「どれだけ頑張っても、私はやっぱり駄目なんです。大丈夫です。もう、そんなことわかってるから、だから」

思うように息が吸えず、言葉が途切れた。

相手に望まれ薬種問屋に嫁いだ静は、慣れない大きな商家のやり方と商いに戸惑いながらも、必死で役に立とうとした。けれど、姑には叱責されるばかりの毎日だった。なかなか子に恵まれず、ようやく子を授かったと思えば産後に寝付いてしまった。寝込む静の枕許で、姑は毎日呆れたように嘆息を繰り返した。調子を取り戻した頃には夫は家にあまり帰らなくなっていて、それは静のせいだと咎められた。

跡取りとなる宗之助を育てることが自分の役目だと思い定めたら、当の宗之助は静の許から消えてしまった。

――跡取りを死なせた嫁など縁起が悪い。役立たずの嫁など消えろ。とっとと出ていけ。

孫を失った姑は、四十九日の席で静に向かって喚き立てた。

そんな自分にもできることがあると佐枝から教わり、この一年頑張ってきたつもりだった。だけどやっぱり、自分は役立たずのままなのだ。

唇をきつく噛み締める。ぽつり、ぽつりと、地面に黒い染みができた。

「そんなことあるもんかい」

つたの声が、朝のひんやりとした中に響いた。思いもよらない強い声で、驚いて静は顔を上げた。つたが青筋を立てて静を見ていた。

「誰がそんなこと言ったんだい」

「誰って……」

「言ってごらんよ。このおつたさんがそいつを一喝してやるからさ」

口籠もる静に向かって、つたは勢いよく腕をまくる。

「なんだい、もしかしてこないだの古馴染みだって言ってた、あの男かい」

「いえ、清四郎は……おつたさんと同じように言ってくれて……」

「じゃあ誰なんだい」

今更、離縁された家のことなど話すようなものでもない。答えかねて首を振ると、つたはふんと鼻息も荒く続けた。

「そいつがお静先生をわかってないだけさ。あの古馴染みの男はあんたのことをよく知ってるんだろ」

つたの勢いに圧され、小さく頷く。

「じゃあ、やっぱり大丈夫じゃないか」

胸を張って堂々と言われ、静は真顔で立ち尽くした。

「このあたしの言うことが、信じられないかい」

首を縦にも横にも振ることができず、つたを見つめ返す。

「あの男がどういうやつで、どこまで先生のことを知っているのかわからないけどさ、あたしは知ってるよ。あんたが頑張り屋だってことをさ」

まるで自分の子を褒めるような誇らしげな口調だ。静は落ち着かなさを感じて身じろいだ。

「そりゃ、米も炊けない先生だけど」

「ちょっと、おつたさん、それは……」

赤面し、慌てて正面からつたの口を塞ごうとする静を真っ直ぐに見て、つたは優しく言った。

「あんたが越してきた日は、そりゃちょっと面食らったよ。丸髷なのに鉄漿はしてないし、家移りの手伝いに人はたんまり来るし、長屋で一番広い部屋に悠々と一人暮らしだし、手習いの手伝いをするっていうし、家守さんは紹介主を教えてくれないし。どんなやつだろうって思ったけどさ」

静はぐっと口許に力を入れた。そうしないと、何かが溢れてきそうだった。

「米が炊けないからって、夜中に何とかしなきゃと一人で奮闘してる姿を見た時にね」

つたは懐かしむように目を細めた。

「ああ、この人は一生懸命に頑張ることができる人なんだなって思ったんだよ」

胸の奥から何かが込み上げ、堪えきれず俯いた。長屋に馴染めなかった静を、初めに受け入れてくれたのはつただった。

こうやって、初めから、役立たずの静をずっと見守ってくれていたのだ。

「まあ、長屋で火事を出されたら困るのはこっちだからね。飯は全部あたしが請け負うことにしたんだけどさ」

「それは、言わないでくださいよ」

混ぜっ返す物言いに、耐えきれず口を出すと、泣き笑いの変な声になった。

「だからさ、大丈夫だって。お静先生が頑張れば大抵のことはどうにかなるさ。それでも無理なら、このおつたにできることなら何でも頼ってくれていいんだよ。最初《はな》っからそう言ってるだろ」

「ええ、そうでした」

頷きながら、静はまた顔を伏せた。そんなつもりはないのに、肩が震えた。毎日、静に飯を準備してくれる働き者の手に背中をさすられ、静は何度も頷いた。

庄蔵に返事を届けたいと思う気持ちが、戻ってくるのがわかった。

「おや、どうしたんだい」

遅れて出てきたのは、しげだ。静とつたの様子にいつもと違うものを感じたのか、眉を寄せた。

「なんでもないよ」

つたがいつものように笑った。

「それならいいけどさ」

ちらりと見られ、静は、ええ、と目尻を袖で拭って頷いた。

「なんだい。おしげさん、今日はちょっと遅いね。今日は亭主は休みなのかい」

「ああ、休みの日も仕事に出てってくれると助かるのにねえ」

憎まれ口を叩くしげの目は、言葉とは裏腹に嬉しげだ。静はぽつりと呟いた。

「夫婦って何でしょうね」

つたが吹き出した。

「な、なんだい唐突に」

「あ、いえ、ちょっと……おしげさんは、どのような馴れ初めで」

静が話を振ると、しげが目を丸くして噎せた。

「なんだってそんなこと、突然」

「いえ、夫婦って何だろうと思うことがあって」

「おんやまあ、やっぱり何かあったのかい。あの男じゃないだろうね」

つたが静ににじり寄った。慌てて手を振り、「ち、違いますよ」と静が後ずさる。

「そりゃあ、あたしも気になるね」

　しげにも詰め寄られ、しどろもどろに口を開いた。

「最近、お年を召したご夫婦と知り合う機会があって、仲がお悪いようなんですけど、それなのにずっと添うってどういうことなのかな、と考えていて」

「なんだ、人の話かい。つまらないね」

　しげは口を尖らせたが、律儀に首を傾げた。

「そりゃあれだろ、喧嘩するほど仲がいいっていうやつじゃないのかい」

「おしげさんのとこか。夫婦喧嘩は犬も食わない、ってね」

　つたが即座に言うと、大きなお世話だよ、としげが吠えた。

「喧嘩なんてしないで済むなら、しない方がいいと思うんですけど。おゆきちゃんや直助さんが喧嘩しているところなんて見たことないですし」

　静が口を挟むと、つたが呆れた。

「そりゃあ、あの二人はまだまだ新婚じゃないかい」

「それは、私だってこんな年ですから、新婚で喧嘩しないからって夫婦仲がいいとは限らないことくらい知ってますよ」

　静が言うと、二人は、そこは自慢するところじゃないだろうに、と忍び笑いで顔を見合わせた。

「喧嘩一つないままずっと仲のいい夫婦《めおと》もいるし、本当にそれぞれだからねえ」

　つたがしんみりと言った。しげが続けて問う。

「その夫婦、喧嘩しててもずっと一緒にいるんだろ」

「ええ」

「やむにやまれずとか、なんとなくってこともあるだろうけど、一緒にいるってこと自体が夫婦なんじゃないかねえ」

静は、自分よりずっと色々な経験を重ねているだろうしげの言葉に聞き入った。

「長く添えば、いい時も悪い時もあるもんさ」

「そうさね。うちは、長く添えなかった口だからね」

つたが遠い目をした。つたに娘がいることは聞いたが、娘の父親については聞いたことがない。そういえば、自分はつたがどうして長屋の世話役をしているのかも知らないのだと気づいた。

「どれだけ喧嘩したとしても、長く連れ添えたら、それだけで十分だろうさ」

つたは、しげを盗み見しながら言った。

二人の子どもに恵まれて古着屋を大きくしながらも、喧嘩が絶えなかったという庄蔵とはるは、どんな夫婦だったのだろうか。

裕福な二人は別に家を構えることもできたはずだ。それでも、別に住むことも、別れることもなく、一緒に暮らしてきた。

そうして、ついに妻は病でこの世を去り、夫は文をしたためた。死んだ妻への文を。

「先生、どうしたい」

心ここにあらずの静に、つたは声を掛けた。

「ありゃ、考え事かい。なあ、おつたさん、やっぱりお静先生、ちょっと面白い人だね」

静は、ふと顔を上げた。

「そういえば、おつたさんとおしげさんは、長い付き合いなんですよね」

「二人して一、二番を争うくらいこの長屋が長いからね。もう同じ長屋の店子っていうより、相手の知られたくないとこまでよく知ってる腐れ縁みたいなもんだよ」

そうそう、としげが頷く。

――あれと幼い頃から親しかったという友は、数年前に死んだ。

――吾妻橋近くの献残屋の娘さんで、確か、おふゆさんといったかな。

長い付き合いだった友人だったら、はるが夫をどう思っていたのか知っているかもしれない。既に亡くなっているとは聞いたが、身内などが生前、はるの話を漏れ聞いていたりしてはいないだろうか。

かすかな望みだが、どんなに些細であろうと、知れることは全部知りたい。けれど、数年も前にこの世を去った名前しかわからない人を、どうやって探せばいいだろう。

庄蔵に訊ねることはできないし、と頭を巡らせた静は、呆れた顔で自分を見るつたとしげに目を留めた。

「おつたさん、あの、お願いがあるんですが」

「なんだい。このおつたの出番かい」

にやりと笑うつたに、静は小さく頷いて顔を寄せた。

「以前、辻占について噂を集めてもらったことがありましたよね」

「ああ、そんなこともあったねえ」

静は真剣な顔で、改まって頭を下げた。

「おつたさんや、長屋の皆さんに是非とも仕事をお願いしたいんです」

八

その日は、秋分も過ぎ、昼の暑さも和らいだ秋晴れだった。

手習い所を出た静は、高く澄んだ空に変化が早い秋の雲が流れていくのを見上げた。緊張を呑み込み、行き交う人の間を、目的地へと足を向けた。

はるの友人の身内が見つかったのだ。

長屋の女房連中のつながりは、静の想像を超えて見事だった。

静がつたに話をした日の内に、詳細が触れ回られ、何と翌日には「おふゆさん」の素性がわかったのだ。翌々日には、亡くなるまで一緒に住んでいたという孫の存在まで知れた。

孫の素性がわかり、顔を合わせる段取りまで決まったと告げられたのが、昨日のこと。

つたに頼んだ時は捨て身の覚悟だったが、まさかこんなに話が早く進むとは思いもしなかった。ここ数日、もたらされる知らせに目を丸くするばかりだ。

何でも長屋の女房たちは、江戸のあちこちに友人や知人、身内などが散らばっている上に、色々な長屋を渡り歩く棒手振ともよく話をするという。

ふゆの実家の場所と家業がわかっていたことが功を奏したらしい。色んなところで立ち話や噂話にかこつけて話を振ると、意外と簡単に見つかったのだと聞いた。

話を取り付けてくれたしげに多少の上乗せをして、動いてくれた皆に手間賃と梅松堂の饅頭を振る舞った。

――知り合いのとこに顔を出して話をするだけで、こんなうまいものにありつけるなら、皆いつだって大歓迎だってよ。

つたが笑ったのが、今朝のことだ。

指定された茶屋は、柳橋の近くだが、聞いたことのない店だった。

わかっているのは、ふゆの孫で名は鈴《すず》というくらいだ。はるについてどれほど知っているかは不明だが、皆の手を借りて摑んだこの機会だ。何が何でも、はると庄蔵の話を、一つでも聞き出す覚悟だった。

段々と、目的地が近づき、静は歩きながら深呼吸を繰り返した。どうか、はるのことを知ってくれていますように。祖母から聞いた話を覚えてくれていますように。

強く願い、静は手土産を抱え直して足を踏み出した。

鈴が指定した茶屋は、水茶屋とは違い、座敷をいくつか持つこぢんまりとした店だった。通された部屋で待っていると、すぐに一人の若い女と茶一式を手にした女中がやってきた。

「失礼します」

そう言いながら部屋に入ってきた女は、静を見て会釈した。

鈴はそこそこの店のおかみといった風情で、慣れた様子で女中に微笑みかけながら、品がある動きで静の向かいに腰を下ろした。

「いつも岡田屋《おかだや》のおかみさんにはご贔屓にしていただき、ありがとうございます。どうぞごゆっくりとおくつろぎくださいませ」

女中がいなくなるや否や、鈴は置かれた脇息にもたれかかるように膝を横に崩した。

「あなたが、お静さんって人」

軽い口調で、気だるげに静を見る。女中の前では楚々としていたのが嘘のような姿だ。動揺を悟られぬよう、静は手土産と僅かながら用意した御礼を差し出した。

「今日はどうもありがとうございます。たいしたものではありませんが、こちらは御礼です」

「あら、それはどうも。話が聞きたいって人がいるって聞いた時は驚いたけど、こんな小遣いがもらえるなら安いものだわ」

鈴は口の端で笑むと、菓子箱の上の包みを抜け目なく袂に仕舞った。

「岡田屋さんは扇問屋さんだとお伺いしました」

「そう。あたし、そこの後妻なの」

あっけらかんと鈴は言い放った。

「それで、おはるさんのことが聞きたいんだって。あたしのばあさんの友達ってのは知ってるんでしょ」

逸る気持ちを抑えながら、静はまず一番知りたいことを訊ねた。

「お鈴さんは、おはるさんにお会いになったことはありますか」

「あるよ。あたし、親がいなくて十一からばあさんと一緒に暮らしてたから。そりゃ何度も」

思わぬ言葉が飛び出し、静は昂揚した。何という幸運だろうか。つたを始めとした長屋の面々に、心の底から感謝が込み上げた。

「お鈴さんが、おはるさんに最後に会われたのはいつですか」

「何年前だっけ、大きな火事があったろう。あれでばあさんが死んじゃってさ、その時に顔を合わせたっきりだから、六、七年ってとこかな」

「おはるさんについてご存じのことを、何でも結構ですので教えてください」

思いを巡らせるように鈴は遠くを見た。

「おはるさんは親戚の家に預けられていて、ばあさんはそこそこの商家の娘で、家が近所で年が近くて、仲良くなったって言ってたね。はるとふゆ、最初は名前で話が弾んだって。でもまあ、年頃になるとおはるさんの器量が目立つようになって、あたしのばあさんは複雑だったたってさ」

「その頃、おはるさんは庄蔵さんに見初められたんですか」

「へえ、よく知ってるね。でも、そう簡単にはいかなかったらしいんだけどね」

「どういうことですか」

「おはるさんには想う人がいたんだとさ。だけど、庄蔵じいさんがおはるさんの親代わりだった親戚に頼み込んで、添うことになったらしいよ。庄蔵じいさんの押し勝ち。おはるさんは泣く泣く庄蔵じいさんと夫婦になったたってわけだ」

意地悪く片頬で笑う鈴に、頭がくらりとした。当然と言えば当然だが、そんな話、久万吉からも安二郎たちからも出てこなかった。

——あれも、わしと夫婦になったことを間違いだと思っておったただろうしな。

庄蔵が低い声で言ったのは、そういう理由だったのだ。

気が強いと誰もが口を揃えるはるが、意に添わぬまま夫婦となった夫に諾々と従ったとは思えない。金遣いの荒さは、庄蔵が言うように意趣晴らしだったのか。

静が表情を曇らせるのも気に留めず、鈴は涼しい顔で続けた。

「でもさ、うちのばあさんはあれは納得ずくだったって言ってたよ。職人の見習いで暮らしが楽じゃない想い人と、庄蔵さんの商いの才を天秤に掛けたんだって。おはるさんは、早くに二親を亡くして苦労してたらしいから、絶対あれは金で選んだんだってばあさんは豪語してたね」

何不自由ない暮らしが突如として失せ、親戚の家に厄介になるのは、物事がいくらか見えるようになった年頃の子にとって居心地のいいものではなかっただろう。昔のような暮らしを、とはるが望んだとして、それを責められる人はいない。

「結局庄蔵じいさんは店を大きくしてさ。いい暮らしができて、よかったんじゃないかい。幼い頃から､子には絶対に金で苦労はさせないって言ってたらしいからね」

外から聞こえるひそやかな川音に耳を澄ませた後、静は再び口を開いた。

「庄蔵さんと、会われたことはおありですか」

鈴は途端に顔をしかめた。

「遠くで見たことはあるけど話したことはないねえ。怖くて近寄りたくなかったしね。おはるさんが、よくうちで愚痴ってたのは覚えてるよ。口うるさくて､文句ばっかりで、すぐ怒鳴るって。うちのばあさんは、金を好きに使わせてくれるんだからいいだろって笑ってたけど」

ふと思い出したように鈴が動きを止めた。顎に人差し指を当て、言葉を選ぶように目をさまよわせた。

「そういや一度だけ、じゃあなんでまだ夫婦でいるのさって、うちのばあさんが言い返したんだよ。そんなに嫌なら、さっさと別れればいいじゃないかって。そしたら、おはるさんがぽつりと言ったんだよね」

何故か悲しげに苦笑して、鈴は続けた。

「子どもが死んだ時、二人で泣いたんだって」

静の手が大きく揺れ、盆の上で湯飲みが倒れた。こぼれた茶が、盆に小さな池を作る。鈴が顔をしかめた。

「あらら、畳は無事そうだけど、これは人を呼ばなきゃね」

「いえ、後ほど自分で片付けますので、是非続きを」

静は震える声で鈴を止めた。

「そうかい」

怪訝そうに眉をひそめ、鈴は目をさまよわせた。

「えっと、おはるさんがなんで別れなかったかって話だったっけ」

はい、と静は噛み締めるように応じ、訊ねた。

「おはるさんと庄蔵さんは、お子さんを亡くされてるんですか」

「なんでも、一人目の子が三つになるかならないかの頃に、流行病で持っていかれちまったんだって」

胸が苦しくなり、静は口許を押さえ目を閉じた。

「顔色が悪いけど、大丈夫かい」

鈴の訝しげな声が聞こえた。ゆっくりと目を開け、静は言った。

「続きをお願いします」

大丈夫ならいいけどさ、と鈴は気だるげな様子で、また脇息に体重を預けた。

「おはるさんは庄蔵じいさんに相当当たり散らしたんだってさ。あんたと夫婦になったからこんなことになったんだとか、何とか。だけど、いつもなら怒鳴り返す庄蔵じいさんが一言も言い返さなかった、って言ってたね。初めて聞くおはるさんの声だったから、妙に覚えてるよ」

過ぎた昔を偲ぶ鈴の声が、胸の内に深く沈んだ。

庄蔵は、それほど遠い昔の一言を、今も忘れずにいるのだろうか。

「他に、覚えてることはありますか」

鈴は考えるような仕草で指先を頬に当てた。

「そうだねえ。おはるさんは着道楽だったんだけど、よく言ってたね。あの男の妻をやってるんだから、これくらいいいでしょう、って。あの口うるささに耐えてるお代だよって。うちのばあさんは笑ってたけど、裏であたしに言ったよ。口ではああ言ってるけど、古着屋のおかみが、古着とはいえ見栄えの悪いものは着られないもんだしね、ってね」

話し終えると、さあ、これくらいでいいかい、と鈴はしっかりと静の手土産を抱えて立ち上がった。

「うちの人、帰りが遅くなると煩いからね。ちょっとばっかし昔を思い出せて、楽しかったよ」

それだけ言い残すと、静が礼を述べる間もなく鈴は去った。

しんと静まり返った部屋で、静は悟った。

代筆は、無理だ。

二人の間には、二人にしかわからないものがある。周囲からいくら話を漏れ聞いたところで、すべてを知ることはできない。

はるが友人に語ったことも、きっと一部だ。

それが、静にはわかった。宗之助を失った悲嘆を、静も誰かに事細かに語ったことはない。語り切れるものでも、伝え切れるものでもないからだ。

きっと二人にも、人に語れぬことも、お互いに伝えぬままのこともあっただろう。どんな始まりであれ、長い時を一緒に過ごせば、いがみ合うだけでなく分かち合うものだってあったはずだ。二人だけにしかわからぬ、言葉にならぬものが。

——その文を亡き妻へ届けて、返事をもらってこい。

庄蔵は初めからわかっていたのだ。誰も、返事など書けないことを。

わかっていても、返事が欲しい。だから、代筆でもいいと言った。その気持ちには痛いほど覚えがあって、静はしばらく身動きがとれなかった。

九

鈴に随分遅れて茶屋を出た静は、ひんやりとし始めた通りで細く息を吐いた。

庄蔵にはるからの返事を届けたい。でも、どうやって。出口が見えない堂々巡りに、悲しさが静の中に渦巻いた。

何故か、無性に父と母に会いたくなった。

二人の間にも、きっと自分が知らないものがたくさんあったはずだ。

空を見上げると、暗くなるまでにはもう少し時間がありそうだった。

秋の夕暮れは早い。静は小走りに駆け出した。


かろうじてまだ明るいと言える時間に、そこにたどり着いた。

久しぶりに訪れた実家の檀那寺は、夕日に染まり、ひっそりと静まり返っていた。

本来なら、本堂なり母屋なりに向かい住職に声を掛けるべきだろうが、静はそのまま目的の場所へ足を運んだ。

行きついた二人の墓を前に、泣きたい気持ちになった。

しかも、手ぶらだ。思い返せば、最後にここに来たのはまだ宗之助が生きていた頃だった。

「長く顔も見せられなくて、ごめんなさい」

膝を折って二人の墓石の前にしゃがみ、そっと手を合わせた。

心の中で不義理を詫び、宗之助のことを頼む。

ひとしきり手を合わせた後、静はその姿勢のまま、無言の墓を見つめた。

静の両親は仲が良かった。商売に励み、二人の娘を可愛がり、奉公人にも慕われていた。父は仕事では真面目な顔ばかりしているが、ひとたび母屋に戻れば穏やかな笑みを絶やさない人で、母は少しおっちょこちょいで明るい人だった。

父は、幼い静が問うと、それが他愛ない子どもの疑問であっても絶対に答えをくれる人だった。難しい問題は、一緒に考えてくれた。

――お静や、商売では必ず最善を尽くさねばならないよ。

優しい声が耳許で聞こえた気がして、静は顔を上げた。

「……お静様」

不意に背後から声を掛けられ、静は短い悲鳴とともに飛び上がった。恐る恐る振り向くと、そこにいたのは、見知った顔だった。

「清四郎……」

声を漏らして、静はぐったりと頭を垂れた。

「驚かせるつもりはなかったのですが……」

二人の頭上を、鳴き声を響かせて鴉が飛んでいった。気がつけば、辺りは大分暗くなっている。大丈夫よ、と答えた静は、清四郎の持つ花に目を留めた。

「今日はちょうどお二人の月命日でしたので。こんな時分で申し訳ないのですが」

「そういえば、そうだったわね……」

両親の墓に目をやる。

「実は、ついさっき二年以上ここに来ていなかったことに気づいたところよ。とんだ親不孝ね」

「お静様のご事情は、大旦那様と大おかみが一番よくおわかりですから」

清四郎はいつになく優しい口調で言った。

手際よく墓の周りを簡単に掃除し、花を供え、清四郎は先ほどまで静が座り込んでいた場所で手を合わせた。慣れた動きが、清四郎がよくここを訪れていることを表している。静より余程、亡き父母のことを気にかけている清四郎に、やはり苦い笑みが浮かんだ。けれど、この世を去った後もこうやって慕ってくれる人がいるのは、とても幸せなことだと思う。

「あの件はどうなりましたか」

問われて、清四郎と顔を合わせるのは庄蔵の屋敷で別れて以来だったと思い出した。

「今日、おはるさんを知っている人に会ってきたわ」

誰も代筆などできないのだと語ると、そうですか、と清四郎はそれだけ言った。

二人の周りにひたひたと夜が迫ってくる。

「それで、お返事はどうされるおつもりですか」

墓を見つめたままの清四郎に改めて訊ねられ、静は黙った。

三十日屋として、自分なりに精一杯の返事を届けたい。代筆が無理だとわかった今もその思いは変わらない。だが、どうすればいいのか、答えはまだ見えない。

「ねえ、清四郎から見て、うちのお父様とお母様はどんな人だった」

「唐突ですね」

清四郎が小さく苦笑した。答えが見つからないことを見透かされている気がして、静は僅かに頬を染めた。

「とても素晴らしい大旦那様と、お優しい大おかみだったと思います」

清四郎は静よりも商いに関わる父をよく知っているだろう。奉公人たちの世話をする母の姿も。

「ねえ、私がお父様のつもりになって清四郎宛に文を書いたとして、それを本物だと思える」

「無理でしょうね」

落ち着いた声が、辺りに響いて消えた。

そうよね、と静は視線を落とした。

「大旦那様は、私の中にいらっしゃいますから。お静様も、そうでございましょう」

ゆっくりと顔を上げると、清四郎は墓を見つめていた。

「ねえ、清四郎――」

何かを見いだした顔で、静は口を開いた。

暗くなった空に、一番星が輝いていた。

十

その日は、朝から快晴だった。

秋晴れの下、そこかしこで浮き足立つ人たちが行き交っている。今日は、二年に一度、江戸のあちこちで賑やかさと楽しさが入り混じる日だ。

数日前、返事を持参したいと庄蔵に使いを出した。そして、指定されたのが今日だった。その指定を、静は落ち着いて受け入れた。

清四郎を伴った静は、再び庄蔵の屋敷を前にしていた。

ともすれば、叩き出されるかもしれない。その時は、自分に曰くあるものだけを受ける器量がないということだ。庄蔵の訴えなどなくても、三十日屋をどうするか考え直す必要があるだろう。ちらりと清四郎の横顔を盗み見る。そんなことを考えていると知ったら、清四郎は何と言うだろうか。

それでも、静の心は澄んだ秋の空のように清々しく、凪いでいた。

「行きましょう」

静は二つの文箱を抱えて言った。清四郎が木戸を叩く。

「お待ちしておりました」

女中が戸を開き、二人を中に招き入れた。

前回と同じ部屋に通され、静は息を詰めて庄蔵を待った。

緊張を和げようと、傍らに並べて置いた文箱にそっと触れる。

「来たか」

やや硬い口調で言い放ち、庄蔵が部屋に踏み込んできた。

静の前に座り、ふんと鼻を鳴らした。横柄な態度は変わらないが、鼻息にいつもの勢いがなく、落ち着かない様子が見える。

「先日は大変失礼いたしました」

深く頭を下げる静を、白けた目で見て庄蔵は口を開いた。

「御託はいい。さっさと返事をよこせ。どうせ、お菊にでも書かせたのじゃろうが、この前も言ったように、あれが書いた返事をわしが涙して読むと思ったら大間違いじゃからな。その時は覚悟するといい」

威勢のいい声を無視して、静は庄蔵へ向かって膝を進めた。

「本日は、文箱を二つ、ご用意させていただきました」

静が文箱を膝の前に移動させると、庄蔵はあからさまに眉をひそめた。

「庄蔵様へお届けする文はこちらです」

静は、文箱の一つを差し出した。

「そちらのもう一つは何じゃ」

怪訝な顔つきで、庄蔵が脇に置かれたままの文箱を示した。

「こちらは、その文にご納得いただけなかった場合にご覧いただこうと持参したものです」

これは静がここ十日ほどで準備したものだ。あくまで庄蔵に納得してもらえなかった時の備えで、できれば使わずに済ませたかった。

「ふん。わけがわからん。わしをけむに巻こうとしても無理じゃからな」

一喝すると、庄蔵は身を乗り出して差し出された方の文箱を乱暴に摑んだ。ぎこちない動きで座り直し、緊張が静にも伝わるような面もちで、文箱に目を落とした。

「どうぞ」

促すと、苛立ったように、わかっておるわ、と庄蔵は吠えた。が、声とは裏腹にその手は小さく震えていた。

「……どういうつもりじゃ」

恐る恐る中身を確認した庄蔵が、低く険しい声を発した。

「ご覧の通りです」

「これは、わしが書いた文ではないか」

困惑と怒りに腰を浮かせ、庄蔵が声を大にした。文箱の中に収まっていたのは、表に『おはる』と記された文――庄蔵が静の許へ持ち込んだものだった。

「そうでございます」

静は真っ直ぐに庄蔵を見上げた。

「私は、庄蔵様の御文のお返事をお願いする方を決めました」

「何じゃと」

「お返事は、庄蔵様に書いていただこうと思います」

庄蔵が全身を強張らせた。

「庄蔵様の中にいらっしゃるおはる様に、お返事を書いていただきたいのです」

「それで本当に、わしの依頼をこなしたつもりか」

激昂した庄蔵は身を震わせ、年齢を感じさせない勢いで立ち上がった。

静は庄蔵の怒りを全身で受け止め、その上で相手を見上げた。

「この御文に、庄蔵様が思うおはる様としてお返事を書けるのは、庄蔵様だけです」

静の深い気迫に、庄蔵が息を呑んだ。とっさに我に返ったように庄蔵は足を踏み出して、静の目の前に進むと腕を振り上げた。

「お前はわしを馬鹿にしておるのかっ」

静は殴られるのを覚悟して、庄蔵を見つめ続けた。

「お静様っ」

清四郎が静の前に飛び出して、即座に庄蔵の腕を強くひねり上げた。

声にならない呻きを漏らし、庄蔵が体勢を崩した。だが、静に向けられた怒りの目つきは揺るがない。

「清四郎、やめて」

静は思わず腰を浮かせて高い声を上げた。清四郎は腕の力を緩めたが、庄蔵が動けない程度で留めた。

「庄蔵様はお年を召されているのよ」

窘める静の声も無視し、清四郎は寒々しい眼差しで庄蔵を見据えた。

「お前は、使用人の分際で、何を――」

苦々しい表情で、庄蔵が苦しい体勢のまま清四郎を睨みつける。清四郎は一言も発することなく動かない。しばらくして、庄蔵は力尽きたように肩を落とした。

「わかった。手を離せ……。痛くてかなわん」

今まで聞いたことのない、弱々しい声だった。清四郎が静をちらりと窺う。頷いて返すと、清四郎は庄蔵の腕を解放した。

庄蔵はその場にへたり込むように座り込んだ。魂が抜けたように項垂れる庄蔵に向かって、静はゆっくりと口を開いた。

「私は、自分の不注意で子を失いました」

驚いた顔で庄蔵が目を上げた。

「私の手を振り払って飛び出したあの子を、止めることができませんでした」

いつだって、あの光景が目に浮かぶ。静は唇を噛み締めて眉を寄せ、しかし震える声で続けた。

「あの子は、私が殺した。私もそう思いました」

あの子はあなたを見つけて走り出したのだ、と訴えた静を、父親である萬之助は、人違いだと視線も合わせずに一蹴した。

「私は川に身を投げました。冷たい水の中、あの子のところへ行きたいと必死でした。でも――」

静は言葉を切って、続けた。庄蔵が呆然と静を見つめている。

「この男に助けられました」

清四郎は切れ長の目を伏せ、ただ静の言葉を聞いていた。それは、静が意識を取り戻した時と同じ表情だった。

四十九日の席で姑に詰られ、夫に突き放され、離縁を言い渡された静はその足で近くの川に身を投げた。霜月初めの、ひどく冷え込んだ日だった。

水を吸って重くなった着物が、静を宗之助の許へと誘《いざな》っていた。重たい鉛《なまり》のような水の塊《かたまり》を飲み込んで、咳き込むこともできず、静は水の中から空を見た。おぼろな暗い空だった。

それを最後に意識を手放した静が目を覚ました時、側にいたのは清四郎で、そこは診療所の一室だった。

意識を失ってからの話は、後から源左衛門伝いに聞いた。

妹夫婦に付き添って静の婚家を訪れていた清四郎は、二人に遅れて実家に戻ろうとしたところで飛び出す静を見た。ただならぬ様子に後を追いかけ、転がるように川へ身を投げる静を目の当たりにしたのだ。

川を渡っていた猪牙舟《ちょきぶね》を奪うように乗り込み、船頭に事情を説明する余裕もなく、先で待つように一方的に告げると、印半纏を脱ぎ捨てて自ら川へ飛び込んだのだという。

そして、水を含んだ着物で重さの増した静を一人で舟へ引き上げ、すごい剣幕で舟を神田方面へ向けさせた。

——息を吹き返したのが奇蹟のようじゃの。

静を診た源左衛門はほっとした顔で言ったが、目が覚めた静は、清四郎を強く詰った。清四郎は何も言わず、ただ黙って聞いていた。

「庄蔵様が、御内儀様を助けられなかったことを悔いておられるのはわかります。それが、どれほど辛くて悔しいものなのか、私はわかります」

静は庄蔵を見据えて、言い切った。

「でも、どれだけ悔いても、なかったことにはできません」

胸が引き絞られるように痛んだ。この痛みが庄蔵のものなのか、自分のものなのかわからなかった。

「生きていることも変えられないなら、自分で背負っていくしかないんです」

声を押し殺して、静は告げた。

「それしか、できません」

あの日、川で死ななかった静にできることは、それだけだ。

清四郎が静の背後に腰を落ち着けるのがわかった。静が挑むように庄蔵を見つめ続けていると、庄蔵は静の前に座り直し、力なく自分が書いた文へ目を落とした。

「おはるが死ぬ、前の日の夜だった」

ぽつりと庄蔵がこぼした。

「いつものように他愛のないことでかっとして、わしはあれに言ったのだ。お前などと夫婦にならなければよかった、と」

目も上げず、庄蔵は続けた。

「そういうことを言ったのは別に初めてではない。あれは腹を立て、別の部屋で休んだ。翌朝、なかなか起きてこないと様子を見に行ったら、おはるは……胸を押さえて倒れていた」

庄蔵の肩が震えた。

「慌てて駆け寄ったが、苦しむ姿を前に、わしは何もできなんだ。あれは、狼狽するわしの手を握った。尋常じゃない力じゃった。おはるの体を支えながら、こんなに小さかったかと驚き、そして、力の強さに怯えた。気がつくとおはるは事切れておった。わしの手に赤い跡だけを残して」

庄蔵は手を強く握り締めた。

「それほどわしが憎かったのか、ただ苦しかっただけなのか……わしにはわからぬ」

言葉が力を失ったように途切れ、庄蔵が疲れた顔を上げた。

「……おはるは、幸せだっただろうか」

呆然と宙を見る庄蔵の目から、一粒だけしずくが落ちた。

庄蔵は顔を伏せて、肩を震わせた。あれほど大きく見えた体が、今はとても小さかった。静は置き去られたままの文を文箱から取り出し、庄蔵へ近づいた。

膝の上に力なく置かれた皺だらけの手へ文を渡す。

赤い目で、庄蔵が顔を上げた。

「その想いをお書きになったのですよね」

芯の通ったひそやかな声で、静は続けた。

「庄蔵様から、おはる様へお渡しください。おはる様はそれを読まれて、何とお返事をされますか」

庄蔵は文へ視線を落とした。その中に書いた文言を思い出すように眉間を引き絞る。苦しげに顔を歪め、庄蔵は文を開くこともなく、表書きを見続けた。

静寂の中、唸りとも泣き声ともつかない声が、庄蔵の口の端から細く漏れた。

時間の感覚が遠ざかった頃、庄蔵が動いた。ぎこちなく、たどたどしい動きで立ち上がり、庄蔵は一度目を強く閉じた。そのまま文を両手で持ち直す。

そして、静の目の前で文を二つに破り捨てた。

静と清四郎は、息を呑んだ。

庄蔵の皺だらけの指が、破った文を重ね、更に細かく破いていく。

紙くずが庄蔵の足下に降り積もりきった頃、庄蔵が静を見た。泣き疲れた子どものような顔で、片頬に笑みを浮かべた。

「今更謝って済むことかと、目をつり上げておったわ」

放心したような、満足したような顔で、庄蔵はどこか遠くへ視線を向けた。

「そうじゃった。あれは、そういう女だった。ただ許されたかったわしが……甘えておったな」

ひとりごとのように庄蔵は呟いて、白い紙の山を踏みしめた。

庄蔵の屋敷を出た静と清四郎は、人混みを避けて道の端で足を止めた。

「あの時は、私、酷いこと言ったわね」

目を覚ました静は半狂乱で、清四郎に投げつけた言葉を覚えていない。けれど、思いつく限りの言葉で、清四郎を責め立てたことは覚えている。

清四郎はしばらく黙った。

「もう忘れました」

愛想も何もない声に、静は悔悟の苦さを感じつつ口許を小さく緩ませた。

「行きたいところがあるから、ここでいいわ」

どこか晴れ晴れとした気分で、静は清四郎を見上げた。何かを悟ったのか、仏頂面に静を気遣う気配が過ぎった。

「一人で大丈夫よ」

何かを言いかけた清四郎は、それを吞み込んで、続けた。

「わかりました。では、お気をつけて」

静が頷くと、清四郎はすぐにその場を後にした。

空は朝と変わらず、さわやかな秋晴れだった。

「さあ、行きましょう」

静は顔を上げると、南へと足を向けた。

今日は九月十五日。二年に一度、神田明神で行われる神田祭の例大祭当日だ。さすがの天下祭《てんかまつり》、江戸のどこもかしこも、祭一色に染まっている。

去年は、根津権現祭でも足が竦んで動けなくなってしまった。もう、あれから一年も経つのだと考え、静は目を和らげた。どこか苦く悲しい笑みだった。

静は賑やかな祭へ向かって、震える足を進めた。

十一

「邪魔するぞ」

長月も終わりに近い、ある日のこと。突如として静の長屋に現れたのは、白い着物に身を包んだ庄蔵だった。小ぶりな紫の包みを一つ抱えている。

「い、いらっしゃいまし」

手習い所から帰って、茶簞笥の前に立っていた静は、驚いて草履を履くと庄蔵を迎え入れた。

「相変わらず狭い部屋じゃ」

室内を見回して言い捨てる庄蔵を横目に、お茶の準備をしようとすると、

「粗茶はいらん」

と庄蔵は止めた。勝手に上がり口に腰を下ろし、ふんと鼻を鳴らす。

「あれの百か日も終わったからな。今日はこれを渡しに来ただけじゃ」

袂を漁ると、四文銭を六枚、畳に置いた。

「後金じゃ」

膝に載せていた包みをその横に並べて置く。

「こっちは法事用の饅頭じゃ。もう一つの文箱の届け賃として受け取れ」

静に口を挟む隙を与えないまま庄蔵は立ち上がる。

「せいぜい、今後も励め」

居丈高に告げると、庄蔵は初めて来た時と同じように瞬く間に去った。

どうやら、三十日屋は続けていけそうだ。

慌ただしい人ね、と静は苦笑いを浮かべ、庄蔵が残した二十四文に目をやる。

普通の文を送る、月並みな額だ。庄蔵にとって、これが正しい飛脚代だったのだろう。妻への文の届け賃が月並みでなければ、返事をもらうことができぬ文だと己で認めることになってしまうから。

「これじゃあ、清四郎に怒られてしまうわ」

ややおどけた口調で紫の包みを解くと、中の箱には拳ほどの大きさの饅頭が二つ入っていた。こちらも普通の饅頭だ。紙の下にきらりと光るものが見えた。何だろうと目を寄せて、饅頭を持ち上げてみる。静の口がぽかんと大きく開いた。

饅頭の下に、一枚ずつ一両小判が敷かれていた。

あの時、庄蔵の許に置いてきたもう一つの文箱が、頭によみがえった。

中身は、安二郎と菊からの文だった。

庄蔵が、自分が妻へ送った文を受け取ることに納得しなかった際に渡すため、頼み込んでそれぞれに書いてもらったものだ。

代筆などではなく、妻を亡くした父に向けてしたためられた息子と娘からの文だ。

静は輝く二両を見て、心の底からの笑みを浮かべた。

それから、茶簞笥の前に戻った。茶簞笥の上に置かれているのは、庄蔵に文を届けた日、部屋に戻った静が引き出しから取り出して飾ったものだ。

それを手に取り、そっと息を吹きかける。

風車は、軽い音を立てて廻った。

秋の空は冬の気配を匂わせつつ、長屋の上に高く続いていた。

この作品は書き下ろしです。

隠れ町飛脚 三十日屋

鷹山 悠

2020年10月 5 日　第1刷発行
2020年11月16日　第2刷

発行者　千葉 均
発行所　株式会社ポプラ社
〒102-8519　東京都千代田区麹町4-2-6
電話　03-5877-8109(営業)　03-5877-8112(編集)
ホームページ　www.poplar.co.jp
フォーマットデザイン　bookwall
校正・組版　株式会社鷗来堂
印刷・製本　中央精版印刷株式会社

N.D.C.913/295p/15cm　ISBN978-4-591-16814-1

落丁・乱丁本はお取り替えいたします。小社宛にご連絡ください。
電話番号　0120-666-553
受付時間は月～金曜日、9時～17時です(祝日・休日は除く)。

P8101416